喊我回家吃饭的姐姐

若　檠　著

四川文艺出版社

图书在版编目（CIP）数据

喊我回家吃饭的姐姐 / 若槃著 . — 成都：四川文艺出版社，2018.3（2022.1 重印）

ISBN 978-7-5411-5048-7

Ⅰ. ①喊… Ⅱ. ①若… Ⅲ. ①诗集－中国－当代 Ⅳ. ① I227

中国版本图书馆 CIP 数据核字 (2018) 第 039984 号

HANWOHUIJIACHIFANDEJIEJIE

喊我回家吃饭的姐姐

若 槃 著

策 划 人　雪妮姐姐
责任编辑　程　川　奉学勤
封面设计　刘　亮
内文设计　史小燕
责任校对　王　冉

出版发行　四川文艺出版社（成都市槐树街 2 号）
网　　址　www.scwys.com
电　　话　028-86259287（发行部）　028-86259303（编辑部）
传　　真　028-86259306

邮购地址　成都市槐树街 2 号四川文艺出版社邮购部　610031
排　　版　四川最近文化传播有限公司
印　　刷　永清县晔盛亚胶印有限公司
成品尺寸　142mm × 210mm　1/32
印　　张　8　　字　　数　160 千
版　　次　2018 年 4 月第一版　　印　　次　2022 年 1 月第二次印刷
书　　号　ISBN 978-7-5411-5048-7
定　　价　35.00 元

你呼唤着的

究竟是哪一个我——

现代诗，请等等我们

若　檠

思来想去，这个序，还是由我自己来写吧！

尽管，在我看来，对于一本诗集，序有时如同鸡肋，本人读书就常常不看序，直奔主题。

这个时代，诗歌的处境，无须赘言。白岩松曾经说过，作为泱泱诗歌大国的后人，不读诗，究竟是谁的耻辱？这也令深爱现代诗的我汗颜，毋庸讳言，这同时代、生活节奏以及流行歌曲的繁荣都有关系，现代诗自身也难脱干系——晦涩，脱离大众的审美与阅读习惯，沉湎于技巧与意象的泥潭而难以自拔。遂与大众渐行渐远。

这是一本写给姐姐的诗集，也是写给所有心中有爱或渴望亲情的普通人的，诗中的“姐姐”与我素未谋面，仅仅是微信里一个知心的姐姐，都是热爱艺术与生活的普通人。或许诗中这个“姐姐”，仅仅是“喊我回家吃饭”的那一声温暖的呼唤。

钱文忠教授说过，中国的变革与经济发展，是以牺牲文化作为代价，由于历史原因，这在世界上是绝无仅有的。提起唐宋，现在还有谁记得唐朝的GDP是多少呢？人们首先想到的是王维、李白、杜甫、苏轼、李清照等，这就是文化穿越时空的魅力，用现在的话来说，就是软实力。

前些年颇为流行一种说法是“文化搭台，经济唱戏”，十九大过后，“经济搭台，文化唱戏”的帷幕已悄然拉开——有情怀与担当的莘莘学子与青年们，切勿妄自菲薄，中国梦，就在我们每一个人手中。

最后，让我以古希腊哲学家的一句话，作为结语——

“教育的目的，不是为了适应社会，而是为了不被社会所奴役。”

与君共勉。这也是这本诗集，在这个诗歌备受冷落的时代，做出的看似不自量力的一种回应。

2017年11月26日

目录

第一辑　愿你也有一个姐姐

第二辑　等等我，姐姐

第三辑　送你一个姐姐

第四辑　喊我回家吃饭的姐姐

附　录

第一辑

愿你也有一个姐姐

你是我姐姐

这是一个秘密
天知，地知，你知，我知——
让我，将它叠成一只千纸鹤
从静悄悄的窗台，让它
飞进九月的风里

但万物似已知道——
一声鸟啼，泄露给了秋天
竹林，在风中簌簌作响
一片片落叶
从喜树枝头飘下
桂花，在月光里幽香无语
遍地虫鸣，荒草
与秋日绵延的群山
面面相觑

这个无从知晓的人世啊
却依旧，迷蒙在
一盏盏盲目的霓虹里

新年第一日，送给姐姐的第一首

星月童话

今夜，透过栾树的枝丫
我望见了一颗星
离月牙那么近——
几乎可以触摸到月牙的脸庞
或者伸出光中的手
牵回一缕月光的皎洁

正如你的头像
闪烁于我的微信里
对于穿过人间夜色的一丝
温暖的光线
此刻，我和你没有距离

在一束光线的温暖与明亮里
今夜，我们可以相聚、相知
也可以惺惺相惜
却不必让这人间患得患失的夜色
去推算，一颗星与月
在光线以外的遥远

请从我这里领回你的弟弟

怎么回事啊，现在
只要做了自己认为不好的事
说了不好的话
甚至，起了一个不好的念想
都会感到对不起你
都不好意思再对人提起
我是你的弟弟
有时，还会躲在无人看见的地方
悄悄哭泣

仿佛，你就在千里之外
看着我，仿佛你温暖的目光
可以越过群山、楼群与霓虹
可以穿过落叶的金黄
一片竹林的翠绿
再穿过一面墙和所有的阴影
从我的身体内，牵出
用手蒙着脸，在成人的世界
早已蓬头垢面的
那个孩子

送你一枝梅

这个并不寒冷的冬天
循着一朵蜡梅
我也可以找到你温暖的家门
每一朵，都在枝头
为我指路
每一朵，在枝头
都有自己的村庄与路径

我用眼睛看，鼻子嗅，用耳朵听
我用脚步移进
更重要的是，我有一颗
被岁月磨砺与
温润的心

可以和她们一起
在人世的苦寒里温柔地跳动
被一缕甜幽的香，牵引着
从虚空之中
迎上你呼唤而来的声音

另一种相遇

多么幸福啊——
昨日，在腾讯公益中遇见了你，姐姐
直到今日，这份喜悦
还不肯从体内与手心散去

将头像，放进同一页
在一个善念中，和你相聚
是今生何其幸运与美好的事
在一个善念里，安放了整个夜晚
万家灯火——
和此生的山山水水
在一个小小的善念里
让缘分，发出巨大的光亮
并以此和世界拥抱……

靠近你

一支烛，就不点自燃
一个词，就不言自喻
在十二月，悄悄靠近你
一条河，开始从冬流进春天
除了温暖的表情、目光与手心
你那儿还有什么——

多么幸运啊
这个人世的冬天
我没有在世事的河道封冻
没有在寒凉的空气中
飞舞成一片寂寞的雪花——
尽管，你的目光
比群山
离我更加遥远

信　使

姐姐，你可以骄傲一下下
但这首诗，并不是写给你的
是写给美好的人和事物
写给新年——
比如一朵蜡梅
窗外的一丛慈竹，一声鸟啼
比如围绕我的晨光
同样照射着一座小城的清净
比如这清净中，一个人
所能触摸到的祝福与上帝

作为一个勤劳的信使
一只忙于授粉的小小蜜蜂
在这个人间的新年
你，只是手持爱的粉篮
在他们中间，那么欢欢喜喜地
飞来飞去

谢谢你啊

在这个十二月的寒冷里
给了我一个姐姐
在空气里，她是温暖的
在微信的表情与文字里
她是温暖的
在一片落叶、一朵野菊里
她是温暖的
在楼群与远山里
她是温暖的
在人群的拥挤与世事的缝隙中
在一个人的寂寞与料峭的风中
她就是一片雪花
一段可以融化于手心的记忆

桂花缘

在尘世的八月
你很难绕开一棵盛开的桂花树
在旧历的八月
你可以绕开桂花的盛开
却怎么也绕不开
一缕幽香

相遇的一瞬
人世的喧嚣，与岁月的宁静里
你会想起些什么
又遗忘什么

或许，早已注定——
在遍地虫鸣与流淌的月光里
也有着命运
不可测知的螺纹

看不见的水
空中涌来
听不见的美丽与欢喜

从岁月深处拥住了你，仿佛
一位失散多年的亲人，在这一瞬间
你，从桂花的一丝幽香中
获知了
远方的消息

这个冬天

我不过是一个被放逐的人
被童年放逐
被岁月与人群放逐
被自己放逐
被土地的仁厚、宽广放逐
被一片白云，与天空无尽的湛蓝
放逐——

而这个冬天
只是通过你和你们的手心
像一片雪花那样
在温暖之中，渐渐忘却
自己曾经的形状与坚硬
如泣如诉地
回到它们

姐姐，你是我的暖宝

一想到这个冬日有你
我就不再感到寒冷与孤寂
一想到有你
就会有一束温暖的火苗
从楼群与群山之间
悠悠升起
温暖的，不仅仅是我
还有我身边的一棵树
一只鸟，一颗摇摇晃晃的果实
温暖的
是这个冬日的漫长
历经的人、事物
以及握在一滴露水手心
越来越广阔的人世

姐姐啊，我丢失了一首歌

本来，想送给你——
一位藏族小女孩
在一座不知名的山坡上唱的歌
坐在草丛、菜地与一条溪水旁
对自然与天空唱的歌
她穿着运动式校服
她长得并不美，不白的脸上
还有高原红

但她的声音
是云中落下的雨滴
是草尖摇晃的露珠
是从高原流向远方的一条溪水
每一次，都会让我误以为
自己原来就居住在那歌声里
每听一次，我就要
从楼群与人群里
离开一次

调皮一回

姐姐啊，我可不可以调皮一回
给自己放一天假
在这个阳春三月
在郊外的蜂蝶与百花里
在湖光山色、云影天光里
挥手，作别这些文字
在人间的幻戏

让我尝试，用一天的时间
远离一首诗，让一只倔强的鸟
远离刺伤
并使其歌唱不息的
那些荆棘

一天，仅仅
一天并不足以让它交出此生
交出在光影交错的荆棘中
留下的所有足迹

昨夜，我梦见了你

醒来，就把你还给了夜色与大地
醒来，一缕曙光
依然与我和万物同在
与大地同在

我真的有了一个姐姐吗
真的，可以将一个灵魂
在体内与体外的流浪
交付于你手心的温暖吗——
一束不胜惆怅的夕光
在这个行将结束的十二月
无声地敲开
你远方的门和窗

倘若
这只是一个梦
那我尚未从此生醒来……

它们自己知道

这些随手敲下的文字
在这个十二月
它们自己也不知道
能否成为一首诗

只知道自己所要到达的地方
来自哪里——
来自血液，就将归于血液
来自魂魄
将归于另一个魂魄

消失在楼群与人群时
还回头看了一眼
当它们撞上空中的一声鸟啼
掠过山顶的一棵松树
还回头
看了我一眼

这个人间的十二月啊
它们可知道——自己背负的

这是一个
多么温暖的使命

昨日，去赶了一趟乡场

在车上，人们的脸上
在向后退去的行道树
与一片片风景里
我看到了新年的吉祥与喜庆
新年的风，同样吹拂在
我的脸庞与身上

这样的时刻
我也想起了你，而幸福
就像空气中融化的一片雪花
一块糖，带着童年的芬芳

哦，在这个节日
随身携带着你给我的一颗糖
我经过了那么多的人
那么多美好、温暖的地方

在乡场

那么多美丽的花卉——
菊花、多肉、康乃馨、铜钱草
而我，只买回了
一株水仙

那么多的珍稀的观赏鱼
有银龙、花猫、孔雀尾
还有喜欢钻入海葵的小丑鱼
我后悔没有带上手机——

多发几张美美的照片给你
但并不遗憾——
仿佛，你就与我们同在
就在这些颜色与气息中间
让我将它们的美好
一一指出

而你，只需要点一点头
就可以使我与万物
在这个尘世
更加相亲相爱

答　应

在这个人世的冬日
为你打一首诗，是一件
何其幸福、优雅与温暖的事
等于鸟，在梳理自己的羽毛
等于微风，摇晃着叶子
草，在结着它的种子

每打上一句，就等于
向壁炉中添加了一块柴火
每打上一句，一朵蜡梅
就会从枝头无声打开

而远方的你不必讶异
那只是一株植物的回应
只是一束有些寂寞的火焰
自愿从人群深处
应答你
一缕暖心的炊烟

一朵花坠落的声音

一朵蜡梅，从枝头跌落下来
远方的你
可曾听见——

并未落在泥土里
而是一头撞向了冷硬的地板
她紧握的拳头
怀揣着尚未打开的芬芳
在这个人世的冬天啊
她是那样心有不甘

从枝头被人剪下的那一刻
就已注定——
离开了故乡的泥土与根
再耀眼的霓虹，再名贵的花瓶
开与不开，流浪于人群里的
都只能是一种
落落寡合的暗香

惬意的事

为你打一首诗
应是一天之中最惬意的事
在你的头像与名字里
打一首诗，温暖
就包围了我和每一个词语

在这个冬日，更像是
用词语点燃了一堆篝火
将人世的荒凉、冷漠
映照成一种背景

又如同从空中铺出了一条路
每一个词都闪闪发光
每一声鸟啼
都是来自天空的一种慰藉
而每一个词，在指尖的光泽
离你的远方，仿佛
又近了一步

你的相册

昨夜，你像一束月光那样
站在窗外
你像月光里的故乡那样
站了整整一夜
直至入梦，直至一个梦
从曙光中离去

昨夜，一支古老的旋律
在我的耳畔下了一场雨
昨夜，一支旋律从耳畔进入
将我变成了往事里的
一滴

我确定吗？从未在一件往事里
遇见过你
但为何却如此熟悉——
以至于看见你相片的那一瞬
差一点落下泪来
差一点，就将前世
从你的眼神，与那扇木门的

把环上

幽幽想起

魔　粉

你看，在这个冬日
似乎什么，都可以拿来
打入给你的一首诗
比如窗外的这一滴雨
与我有缘，才会溅落屋檐
比如那一片金红的竹叶
有情，有义，才会让我看见
风中的泳姿

在这个有你的冬日
什么都可以入画、入诗——
这并非我的才气
而是你手中的那根仙女棒
在相距的山山水水中间，洒下
可使一切发光的魔粉
爱的气息

肋 骨

姐姐啊，我给你打诗的时候
她就坐在旁边，一声不响
像小学生那样，在一本宋词里
荡起光阴的双桨

似乎整个冬天
她就这样安静地坐在我的身旁
像一根肋骨那样
让我感觉不到她的存在
锥心的痛，并不是没有——
而更多的时候，她在我体内
荡起的，是幸福知足的桨

慈竹用风摇晃它们翠绿的叶子
山鸠，在窗外反复吟唱
人世离我们不远
她就这样坐在我无所作为的身旁
像一根幸福而又健康的肋骨
除了一份足够宽广的爱、温柔的呼吸
这一生啊，仿佛
都不曾发出多余的声响

倘　若

姐姐啊，倘若每天
为你打一首诗，远方的你
会不会逐渐麻木
就像脚下这块冷硬的瓷砖
眼前那面无表情的墙壁
就像窗外车来人往的一座城市
就像混迹于车流与人流
这渐渐无动于衷的日子——
让一首诗，乃至万物的美好
迷失于其中
像一个无家可归的孩子

天空的爱，是无限的——
而这个人世的冬天，或许
我比别人更加深切地知道
你手心的温暖，从来
都不仅仅是来自于露水、荒草，以及
这个无限苍凉的人世

无　论

无论坐着，站着，还是行走
为你打一首诗
在这个冬日，无论如何
都是一件值得幸福与期待的事

无论坐着，站着或行走
脚下，都是人世的熙熙攘攘
头顶，一朵云的白
都会被天空，怀抱于永恒的蓝里

而无论坐着，站着，走着
一首诗，都不会从光阴里
迷失自己。它会让词语
在我指间流动
或者，像一朵野菊
摇晃在有你、有爱的大地

姐姐（一）

我敢对着基督受难的十字架
发誓——
当我提到你
就会有一道看不见的光
从天空进入体内
从岁月的幽暗，穿过霓虹
使一个人体内的词语发热
使世人羞于启齿的一种美好
在时间与事物的背面
独自发光

这就是来自天空的爱吗——
当你的手心伸过来
那一瞬，尚在沉睡的人世啊
一缕顾影自怜的幽香
正从一朵梅蓦然回首的苦寒与甜蜜里
苏醒

姐姐（二）

这一生中
有过多少姐姐
美丽的姐姐，温柔的姐姐
优雅和朴实的姐姐
糖纸般的姐姐，手绢与围巾般的姐姐
春天、夏天般的
秋风或者桂花般的姐姐
树叶上的姐姐，月光里的姐姐

有的早已远嫁他方
有的音信渺茫，有的
已不在人世

而当我遇上你的那一刻
她们，就开始从一条条路上赶来
从逝去的岁月里赶来
一一重叠在
你的身上

派一首诗去看你

推开那扇隐匿深山的小小柴门
从我体内走出
一首诗，一首打着呵欠的诗
将自己梳洗得干干净净
打扮得漂漂亮亮

扎上蝴蝶结，穿上花裙子
挎着小竹篮
一路哼着歌谣
她的小靴子，正被林间的露水
和曙光，渐渐打湿

姐姐啊，你可看见
那人群与车流里移动着的
一只小小的篮子
那水泥丛林中飘动着的
一件碎花的裙子——

这里是城市
这里没有大灰狼

她兜里那些童年的糖果
除了你，没有人会感兴趣

表情包里的小女孩（一）

一遍又一遍
永无疲倦与休止
在这个表情包里，永远
不再长大，不会老去
似乎永远不会忘记，你和我
刚刚从天国下来的样子

正如我，写下的这些诗
一首接一首
不厌其烦的语言与修辞
只想将百花与星空给予的
向人世传递出去

每当我开始厌倦
就会有一种看不见的永恒
从体内抬头，说不
他不允许——

表情包里的小女孩（二）

给你打这首诗的时候
她就在表情包里噘起小嘴
一遍遍亲吻我
弄得我内心那个孩子
甜甜地，痒痒地
咯咯直笑

仿佛，我的心里
真的住着一个孩子
在给你写诗的时候
他就会从一扇窗帘背后
露出半边害羞的脸
而表情包里的这位小姐姐
不过是要将她失散多年的弟弟
从成人的房间与岁月的阴影里
一遍又一遍地
哄出来

迎　春

这个隆冬
在你手心的温暖里
我就像这一枝提前开放的迎春，昨日
被我从街头拾起
满怀欣喜，一朵迎春的金黄
就可以让我看见你的笑容
在这个人世的冬天
一朵提前打开的迎春
就可以让我在远方，成为
你小小的弟弟

金黄的弟弟，温暖的弟弟
一朵路边拾起的迎春
就可以使他在人群里感到幸福
一朵迎春，就可以使他
从蹉跎的光阴里
俯下身去，幽幽捡拾起
一块无人能见的黄金

乌　云

一片乌云遮住了你
和明月的脸庞
这个冬日，有一朵乌云陪着我
在人群里流浪

眼中的云影，手心
却有光，骨头里也有光
你给我的光，天空给我的光
还有一轮月色
在光阴的手心与骨头里
静静生长

就让一朵乌云带着人间的忧郁
陪我流浪
不同寻常的冬日啊
这身不由己的中年，就让他们带走
而早已溜出身体的你和我
沿乌云指缝漏下的一丝月光
向着童年，悄悄地
正一路生长

一朵梅

零落在霓虹与喧嚣之间
零落于脚步的匆忙，眼神的麻木
零落于光阴手心所呈现的
一城繁华
只剩下了一缕孤独的香
在人间无所着落的香
一无所有地
流浪于人群里

是否我应该让爱继续
还是将其，从天空归还给你
和大地的沉默。让它从你手心
穿过那一份破碎与完好
在岁月深处的交替
魂归故里

送你一块菜地

昨日，在郊外的田边
对她说让我们再多待一会儿——
远方的你
一定会感到欢喜

在冬日，弯下腰来
代你问候一声田埂，与一株不知名的
野菜，替你站入风里
同露出泥土半截的一只萝卜
相互致意

你一定会感到欢喜
同一株莲白或青菜一样欢喜
仿佛，这一刻
你和你的远方，就站立于
一片菜叶单纯的青翠之上
同我，乃至万事万物
并没有想象中的
一种距离

在一包怀旧的杂糖里

仿佛，也遇见了你
有花生糖、麦芽糖，还有糯米京果
每一块，都是童年
都是一个人童年的节日

那时——
快乐与孤独，在大地
一样茂密，森林和星空一样茂密
黑夜与白昼一样清晰
麦苗与露水一样清晰
微风，一遍遍
亲吻着土地

那时的我，有时活泼
有时好静，在人群中未免害羞
在荒草与蚱蜢之间
却并不孤僻
幻想着有朝一日能被你，和一缕星光
从这个收养我的星球
认领回去

愿你也有一个姐姐

这个十月
倘若你不知道
有一个姐姐的幸福、甜蜜
就读不懂这一首诗

你留在人群深处
喜马拉雅山顶的积雪
就不会融化
一个梦，从嘴角流露出的安详
惆怅，就不会被一束月光
从窗口无声抚摸——
哦，一个阳光下的姐姐
一个月亮里的姐姐

命运啊，拿什么来我也不换
就算是一屋子的糖果
一车子
成人世界的玩具

第二辑

等等我，姐姐

顽　石

我真的不知道
今生，还能不能见上你一面
以这渐渐衰朽于尘世的
残漏之躯
真的不知道，该如何
让露水的一双翅膀
擦过气流里满布的霓虹、喧嚣与尘埃
而又不丢失应有的透明
与岁月的潮湿

一块世人眼中的顽石
日日写着这些一文不值的诗句
却被你手心的温暖
当成了一块稀世的璞玉

一块世人眼中的顽石
却日日同你在真理与爱的
光泽里相聚、相惜
并长出一双无人能见的翅膀——
告诉我啊，姐姐

该如何收折与打开，才不会去惹动
那上面覆盖的青苔、尘埃，以及
人世的流言蜚语

对面楼顶的麻雀

多想加入这场热烈的讨论
它们，也是一群
天地之间，哪一根树丫
都可以成为它们绿色的微信

那简单而又微妙的表情
看不清，只听见叽叽喳喳的语音
哪一只是我，哪一只是你
似乎没有哪一只
与另一只，走得更近

这是冬日的一个下午
长期潜水于成人世界的我
站在楼群深处的一扇玻璃窗前
一只麻雀，从童年
那只跃跃欲试的笼子里
又一次，飞出来

可不可以送你一场雾

请允许我
将这一场雾送给你
尽管深知，你的城市
已被雾霾所困

但这是山城的雾
我窗前的雾，仿佛
是从童年的时光里弥漫出来
更多的，它们知道自己
只是纯洁、细小而又幸福的水珠

更像是一场祝福
在人世，仅仅是模糊了
你我之间所有的差别与界限
它们的手心背面
将是一片更加晴朗的天空

而此刻，不过是想让我们看起来
不再那么遥远——
只要重庆伸出一根指头

就能在一张地图上面，碰到
他小姐姐鼻子上方的那个
成都

池塘边的六只白鹭

这些冬日的仙子
用远离人间的烟火
梳理落满羽毛的风尘
有的漫步于水边
有的，在栾树的秃枝静立
想起你的那一刻
我该遣哪一只
飞向你

此生太沉——
唯有请它驮载一场童年的雪
或者
白如雪花
却不会从人群与山山水水里
轻易融化的一首诗

每日一题

每天，都要趁着露水与曙光
为你写下一首诗
一首被露水濡湿，有曙光
照亮的诗
一首可以向你飘来的诗
在天空化作了一片流云
一首可以向你飞奔而来的诗
在人潮的拥挤，与一个人的孤独里
化作了内心嘶鸣的马匹

每天，在一首诗中
和你相聚一次，每天
在一首诗中，沐浴，焚香
遍供诸天——
在一首诗中，敲响教堂的钟声
和窗外
人世的迷离

节日将至

这节日渐浓的空气中
可不可以暂时让我
忘记那些可亲可敬的汉字
与我们朝夕相处、血脉相通的汉字
让此生从行住坐卧里，忘记
词与句，在世事与一首诗里的
排列组合，就像
从来没有写过一首诗给你
就像眼前的美景
让你忘了身在车辆和旅途之中

可不可以让一首诗
从市井与生活的字面意义
从词语与词语的隔阂、误会
之间，将我释放出来
在此刻，与你相约
用岁月所有的遗憾，去听取
头顶，一朵白云的安静
一声鸟啼的清丽

我喜欢豌豆花

要过年了，我想
应该为你写一首过年的诗
一首像春联一样工整、喜庆
站在你门口的诗——
还是像一串鞭炮，在地上炸响
祛除一年的晦气
或者像礼花
用一种短暂的绚丽
从夜空，看着你

而我，只想送一朵豌豆花给你
没有声音
只掏得出一份低调的奢华
从冬春的大地
有风，也可以摇曳
更多的时候，是同一份恒久忍耐的爱
陪着我们，在这个躯体内外
生生不息

姐姐，我有一群小鸭子

每日清晨醒来，都要
为你打一首诗，其实我并不想这样——
一种自然而然的习惯
一种近似于宗教的仪式
一种办家家酒的游戏
同群山以外，虚空之中的你

恍惚间，我正走在一条
回乡的路上
踩着一块块词语的石子
诗意的落叶、青苔
在岁月的长堤与云雾深处
被山鸠的啼鸣所牵引与慰藉

不能说，这就是神的意旨
或许仅仅是一首诗，迫不及待地
要从光阴的庸常，走近你
是这些长满绒毛的词语
要纷纷走出一个人体内的栅栏
坐上空中的这趟动车——

一只母鸭隔山隔水的呼唤
让它们，在岁月里摇摇摆摆
无法自持

碎玻璃

划破的手指，流了许多血
但它没有哭泣——
因为，它现在有一个姐姐了
她会坐在旁边的一根指头上安慰
——在人间
它依然是一根幸福的手指

离开时，每一滴血
似乎都曾回头，谆谆告诫
而幸福，被一根手指埋藏得这样深
一块碎玻璃
怎能伤及幸福的骨头

又被天空悬挂得那样高
人世，这方向难定的风啊
又怎能从一朵白云里
轻易地，将其吹走

数星星

想起你的那一刻
我还是忍不住抬头
望向了夜空
早已过了数星星的年龄
可我还是没有忍住

一颗，两颗……
一共九颗，在楼群切割的夜空
好久没有数到这么多的星星了
今夜，我数到的
又岂止是一个人的幸运

是你，和一座小城的幸运
因为今夜，数到多少
就会有多少颗星星的光辉
从天空的一条条道路与浩瀚之中
将我们
送回温暖的家门

骑上西北风来看你

今夜
让我从世事与思念里翻身
骑上一阵西北风——
或许，会离你越来越远
但窗外的它
是一头多么温顺的狮子
夜色的鬃毛
在每一片树叶里抖动

今夜，只要骑上它
就可以来到人世的上空
将身体留给人群
留给喧嚣里依然保持着冷静的
一盏霓虹

骑上西北风
就会离自我，越来越远
来到离一份爱的辽阔
更近的空中

跷跷板

那日，从微信里
看见你同母亲坐跷跷板
帽子掉下
你从笑声中拾起——

这个人世的新年
多想和你坐一次跷跷板
同你面对着面
皱纹对着皱纹，笑容对着笑容
世间事，就暂时悬挂于穿过提包的
一束夕光

多想和你坐一回跷跷板
在现实中，微信里
在楼群深处，或群山之间
让中年的暮色与地平线
沉落下去

让童年的一片朝霞
从岁月起伏不定的海面
缓缓地升上来

街边的一片菜叶

也让我
在人群之中想起了幸福
和你，因为
当我拾起的那一刻
得到了这人世并不遥远的
一种嘉许

这被世人无视的一种美
当我无所顾忌地，从车来人往中
俯下身去
一片菜叶，就为我呈现出了
全部的意义与翠绿——
从你手心的温暖
从一阵阵吹向乡间的风，与今生
浩浩荡荡的寂寞里

水　仙

就让一株水仙，无声地坐进
这扇面南的小窗
就让我坐在水仙的身旁
为你写下一首诗

同她一样，每天
从体内掏出一片翠绿的长叶
同她一样，在尘世
我要的不过是几枚贴心的卵石
一钵宁静的清水

从未奢求一个结果
只想让一朵花，带着清香
从岁月里，幽幽地
站出来

在你的目光与尘世的辽阔里
美好得就像一个
湿漉漉的
愿望

越写越好

你说，越写越好了
他们，也这样说——
在你我之间，似乎一切
皆可入诗，成为
心有灵犀的一阵微风
一片飘过楼群与山水的云朵

这就是爱，还是一条河流
在人世的源头，答案与岁月里
最为温暖的一种解释

而此刻，我愿意将其
归于更为庸常琐碎的事物
比如路边那一辆婚车上
撤下的康乃馨，一朵又一朵——
我躬身拾起了她们
带着微微心疼的叹息
而她们，也将在一瓶清水中
美丽我，在俗世的
日复一日

可爱的星星

昨夜，临睡前
我望见了窗外的一颗星星
一颗可爱的星星
长得有一点像你
又像儿时的一个玩伴
天上，失散的一个亲人

它坐上一片竹林与喜树的秃枝
低头，欲言又止——
一个人长大了
听懂了人间的语言
却再也听不懂星星的口音

这么多年过去
它们依然在诉说，而我
依然在楼群、人群与光阴的
一种静水流深中
倾听

这些乡下来的亲戚啊

大包小包——
恨不得背来故乡的一切
田野的风，瓦上的霜
屋檐的月光，河面的阳光
故乡，在乡音与一片竹林深处
簌簌作响

他们的裤腿、鞋上
沾着的露水和泥土，这一刻
就是故乡

就是故乡的一条河、一片云
田埂或山梁，就是一棵树
前来看望一片飘落异乡的叶子
一只路过天空的鸟，来看看
它坠落街头的一片羽毛

就是一条河流，淌过来看一看
它怀里游出的一条鱼
在以怎样的姿势，穿梭于
名叫城市的这片池塘

乡下的亲人

其实，那天你就在他们中间
不说我也知道——
就在他们纯朴的笑容
可亲的乡音里
和我们一起交谈，合影留念
一起在一条小河的波光里
弯曲，泛滥

就在言谈举止之间
不说，就不会有人知道
说出来，你会心的微笑
也没有人，能够或近或远地
从岁月的苍茫中
一眼望见

正如，从表情包里踩着舞步
向我一路跑来的这位小女孩
那一刻，除了满满的爱
她只给我和浮生，露出了红裙子
随风摆动的一角

黑白照片

好喜欢这张老照片
黑白的时代，黑白的往事
一件黑白的碎花衣裳里
有一朵山花，烂漫的笑容

那时的我，已离乡背井
在城市并不开心
那时的我，在一场大病中
思念着遥远的乡村
一场大病，加剧了乡村
在群山与一份思念里的遥远

再也回不去了——
正如城市的一砖一瓦
一旦被生活的火焰烧制成形
一旦砌入高楼的漠然、坚硬
就再也难以重返一块泥土
在田野的柔软与潮润

正如此刻，无论如何穿越

也无法挤进这一张老照片
像当初的乡村少年那样
一脸青涩与茫然地站立在
你的身旁

送你一片夜空

今夜的天空，被月光洗净
今夜的天空，清晰得
可以触摸到一面镜子
一面光阴里的湖水

路上，寥寥无几的行人
将偌大一座寒假的校园
留给了我，和一份难得的清净
也留给了远方的你
和穿越云层，树梢的
一片片月华

而此刻，在人世
依旧一事无成的我
唯有以夜空下一幢幢高楼的肃穆
一座座远山的空灵
来深深呼唤——
或者
答应

元宵节的月

在微信群与朋友圈
我吃了一碗又一碗的汤圆
五颜六色的汤圆，活蹦乱跳的汤圆
会说话、跳舞、唱歌的汤圆
抬头，看见了窗外夜空中的
这一轮明月
正被人间的离合悲欢煮沸
从夜色里渐渐升高
那莹洁的光里
有团圆的一种汤色

谁，能找到一只足够大的勺子
将今夜的月
从天空，舀到我的碗中
它阴影的部分
就是香甜的馅心
是一个人
在尘世所有的祝福与思念

雪妮家的红梅

尽管并不比别处的更红，甚至
还有一种距离的模糊
但她们，经过了你的手
已带上了不易觉察的一种光
以及，人世难以测知的
一种温度

每一朵，都有一炉火
一壶煮好的茶，从千里之外邀我小坐
每一朵里，都有一个暖暖的家
一缕袅袅的炊烟
邀我从人群里回头

从一片漂流已久的白云
从一瓣瓣梅的红
推门而入

那些洋娃娃

或许就是我们
刚刚从天国下来的样子
被尘埃遮蔽的样子

无须用笔
我也会在霓虹中描绘
在一件件世事里，在每一个人的脸上
描摹她们可爱的脸庞
纯洁的笑容，以及
隐藏于笑容与光阴内部的
一双翅膀

而不会去分辨哪一个是你
哪一个是我
只需要将她们画在
一面干净而又安静的墙上——
这世间，白云飘荡之处
就有蓝色的天堂

再写洋娃娃

其实，一直都在心里画一个娃娃
昼也画，夜也画
从春秋画过冬夏
每画出一笔，我在人世
就会多出一笔幸福与开心

有时，刚刚画上一笔
又被霓虹与成人的目光
从她脸庞抹去……
有时，越画越走了样
一份纯真，却被光阴的线条
渐渐扭曲

是否，我应该松开那只手
让一支笔，驰骋于
爱与想象的天地……

当一双眼睛开始在画上眨动
一个娃娃，就会
从成人的房间走出来

而那些蹉跎的岁月
就会在她身后
拖曳成一道长长的影子

故乡的油菜花开了

我还在异乡流浪——
怀揣着故乡给我的一片金黄
像一粒油菜籽那样
在霓虹里流浪
不肯轻易地交出体内的油
岁月的香

像一粒油菜籽那样
在人群里其貌不扬，乃至灰头土脸
像一粒油菜籽那样
无论滚落至何处
始终怀揣着故乡的一片金黄

这个二月啊
我是否应该回到你和故乡
是否应该将此生
从楼群、街头与霓虹的缝隙中
一一收回
像一粒油菜籽那样
回到泥土与往事的潮润

让一株油菜花，摇曳着

站在群山与一座村庄的身旁

姐姐啊，我生病了

依然可以看见曙光升起
依然可以听见鸟鸣，从林间
浇灌这尘世的日子
依然有亲人围绕
有你和远方，还有星光
将一丝慰藉，留给虚空和我

一场病，让一粒露水
弱不禁风，在命运的草尖晃动
比平日，更深地照见此生——
大地的包容，和一朵花
在岁月里的收留

而一阵风的吹拂
更让它，一步步来到了
幸福与珍惜的
花蕊深处

玉兰花开了

我不会从枝头摘下一朵送你
她们那么高，那么洁白
流浪人世的我
只能仰视

但可以拍下来
也可以写下，尽管我的笔
并不比嘴更加伶俐

这些路过人间的仙子
在二月，我们所能看见的
不过是她们雪白的翅膀与裙裾
却无法看清
那一朵云彩里的雅集
人间的我，又怎能将其中一件
用私心，悄悄藏匿

正如你赠予的香甜的微笑，在这个二月
我可以满怀感恩地站立树下
也可以请暖暖的东风

从枝头的寂寞，一阵阵
吹向人间的辽阔

蝌　蚪

二月
这些光阴的逗号
又出现在小区的池塘、郊外的农田
短小的尾巴后面，甩动的
是童年长长的快乐

这么多年了
从来没有看清过，它们
被岁月模糊的五官
这一只同那一只的区别
多像儿时的我和你，他或她
伊甸园的亚当与夏娃
需要的，或许仅仅是那一条
在快乐中摆动的尾巴

而我，已从成人的世界里
长出了轮廓分明的五官
僵硬、机械的四肢，单调重复的叫声——
但此刻，多想向二月渐暖的春风
讨回那条丢失的尾巴。再同你一道

从世事与人群的波光间
游回童年的水域
游回，两小无猜的样子

姐姐，我的病好了

窗外的风知道
它吹拂到我身上的时候
是那样温暖——
一场春雨知道，要不
怎会将一座城市洗净
怎会将一朵乌云，从栾树枝头
抱入河水中
又怎会将房间里寂寞、忧郁的影子
洗成远方飘动的一面经幡
让天空晾晒，让它
带上阳光
与一丝高原的气息

窗外的鸟啼
仿佛，就要发出芽来
并将一个人
徘徊于近处与低处的那些幸福
从一扇面南的窗口，传向
你所在的远方

紫玉兰

终于放晴，嘱咐你
路过那株紫玉兰的时候
顺便替我望上一眼
雨中，那些东倒西歪的花朵
是否重新站立起来
是否，将一场雨水带走的
重新自土地与胸怀之中
一一找回

你可知一份美好，在世间的脆弱
一场雨水，就足以令她们
花容失色，在颤颤巍巍的枝头
不知何去何从

请替我顺致问候
无论她们是否从雨中的失魂落魄里
重新站起——
我都将从一道伤里走出来
在这个春天与人群之中
让岁月，渐渐回暖

我又梦见了你

我做梦的时候
远方的你，在做些什么呢
我梦见你的时候
一朵玉兰，在远处开放
一片竹林，在窗外青郁
一面湖水，已被岁月
藏入荒无人烟的
高高的山林

一个普通的中午
当一个梦，像玉兰一样洁白
竹林一般青翠
湖水一样安静与幽深
这二月，无限悲悯的天空
一定会有一只鸟
深深呼唤着，一个人
在另一个世界的
乳名

爱

是窗外的第一道曙光
山顶最后一抹夕辉，也可以
是一缕不期而遇的花香
一声如梦初醒的鸟啼

每一个词语
都抹上了一层明亮的色彩
每一个句子，仿佛
都有星光在群山之外的应和
一道月光，在窗前
会心的幽然

有时触手可及
有时，又漫无边际
徘徊于窗外的一道光线
也可以踩着这些文字温暖的表情
从岁月的沧桑里
一步步，推门
走进来

鸟　巢

这个二月
站在一棵李子树下，也是幸福的
尽管，尚未开出白色的花
而暖风，吹过了树丫的一只鸟巢
尽管鸟巢空着，下面
是一条车来人往的街道

多想，将一只鸟巢盛装的风雨
与带羽毛的小小幸福，送给你
将它捧起过的一片天空
和此刻的空空荡荡
递至你的面前，让你的目光
与指间的温暖，去填满

而我这只无法飞翔的鸟
一直都在世事、尘霾乃至每一束
从人世投来的目光里
寻觅着
那双丢失已久的翅膀

认一朵油菜花，做我的姐姐

在城市，似乎一切
都在使我们远离——
街道与人群，使我们远离
尘埃与雾霾，在使我们远离
喧嚣的市声，疾驰的车声
一盏盏霓虹，也在使一个人
和另一个远离
一幢幢拔地而起的高楼
遮断了替我望向你的远山

在乡间，似乎一切都在使人靠近——
一株荠荠菜里，有一座村庄
一朵蚕豆花里，有摇摇晃晃的童年
一朵油菜花的金黄里
也可以遇见最好的自己
并允许二月的风
将她温暖的笑容，认作今生
这份流浪的姐姐

让我向你讲述，一朵玉兰

傍晚，在一树玉兰花下面
我和她提到了一首诗，和你
暮色中的几朵玉兰
无论远近，都显得不太真实

当我们竭力描述一朵玉兰
才发现，世间的言辞
在此刻的暮色中，何其苍白无力——

正如今生，没有人
能让我写下一首命题的诗
或许上天，并未赋予我这种才能
更为重要的是，一个人
无法违背内心的神，以及她所赐予的
每一个发光或者黯淡的词语

正如此刻，伫立校园的石阶
当我们从渐浓的暮色中，谈及你
地平线，在远处绵延
一朵玉兰的洁白

正被这无边的夜色，从人世
渐渐迷离

还是玉兰

经过树下
还是忍不住停下了脚步
她说，开繁的玉兰
更像是一只白色的鸽子
在枝头的晚风中
欲振乏力

这些坠落枝头的天使
是什么，挽留住了她们
使一双翅膀的雪白、高洁
在二月的微风中
不再轻盈

而其中一位，已从枝头
飞回久别的云中
一件在人间穿过的白裙，无声地
扔下来，飘落树下
我们惺惺相惜的叹息里

送你一城李花

开始落下来
一瓣瓣的细雪，在微风中
轻言细语，在一个人的手心
也不会融化

仿佛一场纯洁的使命
渐渐消瘦于枝头，奔赴风雨
铺满街道和一个人关于三月的记忆
泥泞于树下
熙来攘往的人世

正如一个人，在三月
写下的那些百无一用的诗句
宁愿用一种寂寥、漫长，去交换
阳光下，一片耀眼的雪白
抑或一场淋漓，却足以
润物的细雨

送你一朵豌豆花

送你一朵豌豆花，在乡间的寂寞
一份低调的华丽，乃至
一片片叶椭圆的翠绿

送你一朵豌豆花，在乡间的紫
朴素而又浓郁
远离城市转基因的风光
宁愿靠近一座村庄天然的阳光
有机的风风雨雨

就像我为你写下的这些诗
在人世，无论浅紫、深红还是
一份天真的翠绿
都已将自己捧入天空无尽的湛蓝
和此刻的微风
都会有一只白蝶，知音一般
从万水千山之中
翩然而至

一粒精米

打掉了金黄的外壳
青郁的麸皮
我们用最先进的机器
打掉叶绿素、氨基酸、叶酸
粗糙和营养的部分
打掉一位农人停留过的目光与汗渍
河流的乳汁，大地的叮咛
阳光的恩泽，雨水的呼吸

打掉的
都是世上最珍贵的东西

只保留最精致、脆弱的那一部分
一层层打磨，抛光，漂白
再包装起来
整齐划一，光鲜亮丽
犹如欲望和我们自己

送你一声鸟啼

这个三月，我想
我应该从窗外掬一捧鸟鸣
送你——
在空中，它们是否有另一个三月
在空中，是否有一座看不见的花园
需要它们的浇灌
每一声，似乎都有芽
从三月的空气与晨光里发出来
每一声，都有一滴滴泉水
从云影中溅落下来
使一个人在尘世一无所成的光阴
如蒙恩慈，如聆垂训

而此刻
我只能将其中的一声截取下来
赠予你，就等于赠予远方
一座不见人的
空山

这么多的豌豆花

来到一座山坡
就会将坡下的那座城市遗忘
看见一朵朵豌豆花
就会忘记一个人
在那座城市里的所有生活

淡紫，水红，与粉白
她们穿着漂亮的裙子
身上擦着淡淡的香
随风摇曳——
像一只只就要起飞的蝴蝶

当人世在身后渐渐模糊
她们纷纷从记忆与血缘里认出了我
并围聚过来，仿佛
要将一个人从体内抽丝剥茧
携带出一份隔世的轻盈
隐入远山的淡蓝

尘世的菩萨

这实实在在，物质的世间
依然会让你遇见两位菩萨
无条件支持、护佑你的菩萨
被你不小心打碎，仍爱你如初的菩萨
忘记自己也不会忘记你的生日
替你遮风挡雨的菩萨
从不担心得罪，不需要上香的菩萨
法力有限，却毫无保留
头顶秋风与霜雪，日渐苍老的菩萨
给了你尘世生命的菩萨

唯一的缺点，就是无法久住人世
所有的寄望，最终都只化为——
有一日，当一缕风尘抬头，若有所思
然后，随你坐上一趟岁月的班车
沿着孝道与陈年的月光
回家

俯　身

我爱从大地拾起它们
无论是街头，还是路边
无论一只烟盒，一张糖纸
还是一片好看的落叶

仿佛，拾起的那一瞬
就完成了一次救赎
从人情世故里的一次救赎
而一份爱，与美
已在尘埃与行人的目光中
渐渐麻木

每当我拾起它们
仿佛，就完成了与万物的又一次
连接与神交

并从人间的足迹与烟尘里
轻轻叩开天国，一扇
隐秘的小窗

校园食堂里的麻雀

落地无声，小小脚丫
在过道与铁椅之间跳跃、穿梭
似乎，知道这里的人
受过高等教育

一粒粒，捡拾散落的饭粒
有多少视而不见的事物
正被遗漏
从大学的嘴角、指间
从良知与品质的缝隙里

谁来选修你的课程——
你守望的
我们早已荒芜
没有职称的教授，却喋喋不休
在座椅与脚边来回穿梭
让人疑心，是不是
某位祖先的化身

一片菜叶

请允许我以你的名义
从街边，将它拾起
在这个以节俭为耻的时代
一片菜叶的翠绿，除了大地
不再有人关注与珍惜

他们的手阔绰了
脸就变了。他们的腰粗了
呼吸就重了。他们大步向前——
而这一生，我都会跟在后面
捡拾他们遗失的心跳
就像一种蒙尘已久的幸福

并将自己低至尘埃与人群的深处
做一株成熟的稻穗
在行将没入西山的夕光中
将大地永恒的恩德
俯身拾起

晚　餐

一盏节能灯
不足以将一座城市照亮
一只归鸟，巢中的啾啾
又怎能安抚人间，在唐诗中
无限踌躇的一个黄昏
而一顿晚餐的朴素
也无法让时代的脚步，在繁华里
片刻停顿，却足以让一个人
从玉米粥的金黄，回到
一座村庄的温宁

正如此刻，和她
坐在这冉冉的热气下面——
是窗外渐近的夜色
窗内，不温不火的光线
一个人在岁月里九死不悔的
这份漂泊的温暖与寂静

我要赞美这个清晨

鸟鸣像雨点洒落
青草戴着露珠的耳环
将自己打扮得如此娇嫩
一只黑蚂蚁，起得比我更早
缓慢的蜗牛，正沿着湿壁
爬行

倘若这时有人或车轮经过
粗鲁地打开了尘埃
请原谅他们，为了远方
不曾停下来，用片刻
凝视自己的内心

三八节断想

这一天——
不应该仅仅是将这一天
献给你——
美丽的你
不那么美丽的你
健康的你
生病，或残疾的你
快乐、幸福的你，忧愁与悲伤的你
年轻的你，衰老的你
高贵或卑微的你
都是命运嵌入我的肋骨，在大地
摇曳的花枝

无论是一束花
一场电影，或者一首诗
都不如用陪伴，来向此生告白的
一片长情的叶子

今天，让我为她写下一首诗

这个养育我多年的祖国
我却从来没有为她
写下过一首诗

这个多灾多难的祖国
忍辱负重的祖国
像母亲一般养育，父亲一般护佑我的祖国
是我母亲的母亲，父亲的母亲
是所有人的母亲

她也会有错，却并未欠我什么
她只会爱我——
以她的城市与乡村
以她山川的起伏，幅员的辽阔
她只能这样爱我——
以她所有的富有与贫瘠
以她的过去与现在，正确与错误——

曾经，心生芥蒂的我
带着成长的逆反，却始终

走不出她宽广的胸怀
忧伤的目光——

而今生，我为她做过些什么
唯有背负着一份还不起的恩情
在这个人间继续流浪，或者
停下来，向路过的岁月
低声诉说……

祖国啊，我能为你做些什么

这一刻，我怎能无动于衷——
怎能安坐一朵桃花或者李花的枝头
像一阵无心无肺的微风
在天空
将自己高高挂起

我的身体还在这个人世
领受着你绵绵的恩泽和哺育
我倔强的双脚，还未曾
离开你的土地
辽阔的疆域

而此刻，我甚至无法为你擦去
眼眶一滴昏花的老泪
无法拔去你鬓角新添的
一根白发

作为众多子女当中的一员
我能做好的，或许仅仅是自己
或者，在三月的风中写下
一首感恩的诗

航拍中国

尽收眼底——
一块绵延于脚下的碧玉
而我非英雄
一株大地的稗子
一茎摇曳于荒岭的衰草，此刻
也可以为江山折腰

从小，就听说祖国的美好
这样的山河，却是第一次看到
从天空的角度
今日，我又爱了大地一回

而此刻
这缓缓移动的风景啊
给予人的，是一只苍鹰的视野与胸怀
还是一双天使的翅膀

送你一街李花

就让我，送你这一街的李花
细细碎碎的白
让人想起情人的絮语
母亲的叮咛，还有一个人
在三月写下的那些诗句

这个三月，我还有什么可以送你——
这座小城所有的
或许，你都有

当我决定，将这一街的李花
和吹入她们的微风，送你
一街的时光
也变得温柔起来
甘为她们的裙下之臣
而一个流浪到此的人，无论有无成就
都会义无反顾地
将此生，认作
她们近在咫尺的姐妹，或者
远在天涯的兄弟

春日的流浪

告诉我，这个春日
我该在哪一朵李花中流浪
该在哪一滴雨水，哪一朵乌云
或白云中流浪
该在江水的哪一片波光里
冥想，或者
用哪一座山顶的树梢
向远处呼唤

在这个春日流浪
万物，仿佛都不过是一个人的分身
流浪，哪一个人
不是在因缘际会之中

唯一不同的是——
一份更加深切的爱
将使一个人从万物之中起身
走向更加遥远的地方

春天的富有

今天送你一朵桃花
明日，就可以送你一朵李花
仿佛三月，有开不完的花
仿佛，我是一个富有的人

春天，是我的
也是你的，他再成功
也没法独占，而我一事无成
也可以心安理得地拥有

每一朵桃花都这样红
每一朵李花都那样白
哪一朵离心跳更近，哪一朵
就能够照亮归乡的路——
蜿蜒于这个世纪，华蓥山脉与一条条
溪涧之中

只要我，还在其中行走
和你的远方一道
在人世，与地平线切分的苍茫里
行走

一只白猫

春日的晨光里
我同遇见的一只猫咪打招呼
浑身雪白的它，停下脚步
愣愣地看着我
有些莫名其妙地看着我
仿佛，努力地在记忆中搜索
一边回头，一边
消失于荒草与鸟啼的深处

有谁知道——
很多世以前，或许
我们曾是生死相许的恋人
要好的朋友，至亲的眷属——
如今，却在对视中彼此困惑着
一条何其漫漫的轮回路……

一朵花里的春游

我哪儿也没有去——
只是在一条回家的路上
抬头，看见了一树树李花
几朵迎春
并从一个黄昏的缱绻里，侧耳
听见了几声鸟啼

这就是春天了，有花有叶
有动人的鸟语
有我有她，还有你——
春天，不一定要远行
楼下，一朵含笑在黄昏散出的甜香
就足以让闻到的人
忘却此生
信步，来到这个三月的
云深不知处

等等我，姐姐

不是怕我麻烦呀，姐姐
只是不忍心你太过操劳
害怕这些词语舒缓的节奏
追不上你，在十一月
风风火火的脚步，害怕
你没有足够的时间与心情
从人群中仔细聆听
一首诗在内心与窗口的倾诉

对于诗集，更在乎的
似乎是你
这些散落于花瓣、流水、荒草
与虫鸣中的句子
似乎同你更亲

而我所设想的场景，一直只是——
一首接一首，无怨无悔地
写下去，义无反顾地写下去
只要这世间
还有一个灵魂的倾听

就这样以岁月为墨，天圆地方为纸
直到你和我
天各一方地，垂垂老矣
直到，被云层里泄下的一道光
从一堆渐渐熄灭的篝火旁
悠悠牵离

第三辑

送你一个姐姐

送你一朵白云

三月，一朵白云
也可以听见山鸠的鸣唱
一朵白云，也可以看见
一个人的寂寞与青山满目的苍凉

一样的白
在一座城市的工地
与山腰的一茎荒草之上
在一个人的得意与失意之上
一样的白
在我伫立的窗前
你漂流的远方

怜悯，包容——
在一个人
所有挣扎与幻想的
上方

刺桐花

在三月，还有那么多的花
没有来得及送你
她们已被大地及时捧出——
有多少，甚至都来不及
叫出她们的名字

风一吹就开了
雨一落就辞谢而去
用一种短暂，装点时光
又常常被人世的匆忙
冷落与忽视

正如刺桐满树的红花
像熟透的朝天椒一般鲜艳
却很少有人提及——
而我写下来
她们就会在一首诗中
再度开放
当你读到，就会为你
又开放一次

这些随手敲下的文字啊

从来没有奢望过，可以
在人间的书本中，成为一首诗
一首正襟危坐的诗，一首故弄玄虚
或者莫测高深的诗
一首受人景仰、津津乐道的诗——
它们，只是一群乡下来的孩子
一双赤裸的脚
还沾着乡间的泥土，乡音的潮湿

不过是一群欢叫或悲鸣着的小小鸭子
在一份爱的呼唤与牵引中
摇摇摆摆，渐渐长大——
这些飘落下来的叶与花瓣
这些坠落花间的露水
也没有期待过有一根线
将它们
从岁月里串起

只是经过
并携带着你指间的温度

在这个三月，重返泥土的缝隙
或者顺着一条河流，来到
春光的深处

送你一片星空

这个春夜，群山之中
让我送你一株株白桦与苍松托举出的
一片星空
一片离身体更远，离灵魂更近的星空
离山下的万家灯火
更加遥远

每一颗，仿佛都在诉说
万物美好的一面
每一颗，都能以光线抵达你所在的远方
每一颗，都是从一个人体内
移向天空的心跳
那样真真切切地，映照着人间的岁月
一条下山的小路

今夜，我将被一条下山的小路
牵回楼群与人群
却将一颗心的跳动
留在了一座春山的空寂
与群星的浩繁之中

我就是一根筋

爱慕过那么多的女子
只将其中一个
牵回了家门
赞颂过那么多的花
只厮守着其中的一朵
完成一片绿叶有限的成长
无限光荣的使命

这就是命运
就是命运的跌宕，摇摇晃晃
却不曾迁移与更改的
一份痴心
这就是一个人不需要去算
就一目了然的命运
如影随形——

在一首诗中，与身外的那个人世
若即若离，相安无事
在一首诗中，同清贫的岁月
相依为命

在一首诗中，继续默默无闻
同相爱的人，与品德
终老此生……

四月的这些花呀

忽然觉得，这一生
不过是模仿，却从未超越她们
怎样，才能以更好的姿态
打开自己，从岁月的雨巷
枝头的寂寞，走向人群的喧嚣
一份辽阔，在群山
与地平线上起伏的寂静——

这个四月，人间
还有什么比她们更美好的事物
开放，然后凋零
一切，都是爱的呈现
是否有人体会造物的用心
一切，都在向灵魂深处摇曳着的
那些温软，围拢与靠近

生于四月

倘若上帝问起
我定然会选择，做一朵洋槐花的孩子——
这个人间最美的四月
当我从空中，迎向一串串花瓣
却坠入了母亲的胎中
那一刻，我记住了花的雪白
碧叶里的风
还有花瓣里钻进爬出的
那些幸福的小小甲虫

就这样长大
在洋槐花馥郁的空气里
在人世的熙来攘往，大地的
绵延里
就这样无怨无尤
更深地，挽住一段段缘分
在碧叶深处，将串串雪白
在风中的重叠、摇曳，当作
重返云层的阶梯……

晚　樱

还是有一种流泪的感觉——
如此的绚烂，夫复何求
终其一生，或许
我也无法抵达与拥有

这世间，每一种开放
都值得岁月的尊重
每一种开放，从一个人的中年望过去
都是这样不易

你怎能以一朵去比另一朵
每一朵都已倾尽全力
每一朵，都不想在枝头
留下遗憾——

正如我写下的这些诗篇
在四月，不过是终将逝去
无法被暮光和一根枝条
握住的短暂

万物同源

一树晚樱
也会让我联系到你
就像一阵微风，那样自然而然地
在花瓣与我们身体之间
吹拂

倘若你在，定会
一同高声赞美，低声叹息——
这个最美的四月
从一朵晚樱的花瓣中间
也可以感觉到你的微笑、呼吸
乃至一份心跳在其中
渐渐放慢的节奏，就在一瓣至另一瓣之间
层层叠叠地传递
就在四月与暮光的深处传递

仿佛，来自同一个地方
也终将汇聚在一起
而此刻，不过是穿过了四月
一树晚樱的绚烂，从人世
回到那里

黄桷树

你吃过黄桷树的芽吗
馋嘴的童年，好奇的童年
似乎什么都想塞进嘴里
黄桷芽的味道，就是童年的味道
至今，嘴角还残留着岁月的
一丝丝酸涩与新甜

而当年，一道攀摘黄桷芽的伙伴
如今安在——
一棵棵黄桷树早已长大
黄桷芽的包衣，也不知
散落于大地的哪一只角落

每一棵黄桷树
都有着属于自己的记忆
多么奇怪的植物——什么时候栽下
什么时候，才是春天的开始
而我窗外的两株，一株
刚刚从冬眠中苏醒，另一株
却准备沉沉睡去……

春夜的白云

要送，就送你这春夜的白云
在雨后，长长地横亘于
一棵棵栾树与喜树的树梢
一座小城上空，一群楼房的尖顶

这样清晰，无声
在月朗星稀之下
在一扇窗的寂寥之上
见证着什么——
使这个忙碌而又庸碌的小城
在今夜，走入了月光下的
一部童话

这个四月的春夜
要送，就送你一条长长的白云
像献给雪山的一条哈达
就像从空中起身，款款迎往
远道而来的
一位故人

奇妙的感觉

洋槐花在雨后继续开放
栾树，仿佛一夜之间
发出了所有的叶子
鸟在四月的窗外轻啼
人们，依旧忙碌在这座偏远的小城里

打一首诗
在你的微信里
我的身体，留驻一扇窗内
灵魂却渐渐飘浮于窗外——

四月的春光里，仿佛
一声画眉的鸣叫，就可以
将它衔入群山
仿佛，有一种永恒的蓝
正从一朵白云之上
将手，向人世
缓缓伸下来

一天，只下一次楼

君子兰开了
天竺葵也开了——
还有多少没有写到的花
还有多少，没有看到
一粒露水，在四月的春光里缓缓移动

一天只下一次楼
在一首诗中闭关，在一首诗中
你和我没有距离
在一首诗中，给自己与万物
留下一条隐秘而又快捷的通道

仿佛，一个人的寂寞与充实
一份爱
与一朵白云飘动的地方
就是春天的中心

玫瑰小站

选择四月来到人间
是因为一份未了的情缘
还是这些开不尽的花朵——
四月，最是多情

正如此刻
父母所在的这个小站
一大簇玫瑰从墙头涌出来
她们并未开成花店里的样子
情人手中与心中的样子
她们只是开成了自己
欢喜，自在——
开成了一份爱，在人间普通的黄昏
一个人内心与生俱来的
样子

送你一片四叶草

并不比那些三叶草
更加动人
她们
都摇曳在乡间的微风中

会不会是好运的开始——
那一刻，我的心
开始像四叶草一样
不停摇曳
摇曳着乡间的辽阔与宁静

采下其中一片
期盼着，能带来传说中的好运
其余的
就留给从不索取的大地
和有缘的人

微信群

在人群中走累了
就可以回到里面歇一歇脚
那里，有你和家人
有属于我的位置与房间
一扇通天彻地的窗口
有阳光照射
微风吹拂

纵是山重水复的遥远
身陷世事的囹圄
这空中的一片花园
足以让一粒尘埃
抖落风中的包袱——
从云雾移动的一扇门
侧身进入

姐姐，有几天没有给你打一首诗了

仿佛，又过去一个世纪
仿佛，已很久没有了你的消息
在五月，写一首诗给你
就等于将自己放入窗外
一只山鸠的啼鸣
放入一片片竹叶，一粒露水
一只黑背红足的
小小甲虫

这个五月
人群中依然一事无成的我
在一首诗和窗外的层层喜树叶里
虚度光阴
这样固执而又幸福地
将你和它们
归为一类

遥远的姐姐

这个五月
我有一个多么遥远的姐姐
看不见
也听不见
只剩下了遥远
还有呼吸、心跳
山和水
一座座城市的陌生与熟悉

就像一滴雨，和另一滴
来自同一片云彩
也终将回返同一片天空
而此刻，却不知
在哪一片屋檐，哪一根枝头
哪一条江河的波涛里

给你发微信的这一刻

一只白蝶从窗外的街头
升上来
从浮动的尘埃、阳光与嘈杂里
升上来
渐渐抵达了我所在的楼层
在一棵构树的树冠之上

此刻
我不能说，她就是你的化身
尽管如此轻盈
翅翼的翕动
同思念的频率相近——
此刻，我还听见了一只鸟
划过五月脸颊的啼声
天空很蓝
白云更白，而我
依然一事无成

乡间的姐姐

一片被阳光舒展的叶子
一块从街头回到田间的泥巴
仿佛，每一根发丝
都从都市的秩序中解放出来
披散于随心所欲的微风
每一只毛孔，都从一朵野花内部
张开了自由的呼吸

瞧你，和一株玫瑰久别重逢的样子
在乡间，一条隐约的小路上
仿佛，你本来就是她们中的一员
而此刻，不过是从远处的繁华
辗转回到了
一朵花，手心的宁静
眉心的朴实

骑上一朵马蹄莲

姐姐，这个四月
我的楼下有三朵马蹄莲
就让我骑上其中一朵的洁白
到成都来看你

在微风中擎起另一朵，当高脚杯
盛满阳光、雨水和一道月光
盛满竹叶落落寡合的翠绿
一粒粒枇杷跃跃欲试的金黄
四月，历尽沧桑的花香

还有一朵
是我腰间的长号
待读到这首诗的结尾
就会为你，向四月的天空
一遍遍吹响

入海口

每天，我都有许多这样的幸福时刻——
比如，在一个美好的梦里
比如醒来，听见枕边人均匀的呼吸
以及窗外传来的一声鸟啼
看见曙光的那一刻
我感觉自己尚在这个人世
从暮色里牵住爱人的手
我知道自己
还在这世间的情缘，和一份
稳定的婚姻里

每天，都有太多这样美好的时刻
比如，一块花生糖的美味
一顿家常的午餐
一档精彩而又暖心的电视节目
一缕不请自来的梅的幽香……

当这一切，都被我
打入了给你的一首诗
一条无数小溪汇成的河流啊

便从我点击的指尖
找到了一个入海的口岸

我过了一个儿童节

在抢到的一个微信红包里
在朋友的调侃与祝福里
在一部小黄人与大眼萌的
动画片中
在路边一位小女孩的气球与眼神里
我度过了
一个快乐的儿童节

已不再需要糖果
和父母的疼爱——
到了这把年纪，我深深知道
只要肯放下一个成人紧紧抱住的
那些玩具
就可以重返
同这个世界相亲相爱的
那些时光

栀　子

这个六月，姐姐啊
多想送你一树开花的栀子
不必送你她们的白
与香
她们在枝头，一双蝶翅下的
姿态
乃至她们手心或耳垂的
一粒露珠

只想送你她们在微风中的
一份自由与惬意
送你，在花瓣的层层叠叠间
无声移动着的暮色——

或者朝露里
新鲜翠嫩，犹如春韭的
一把晨光

桐子花开了

无论天空青灰，还是蔚蓝
桐子花都开了
却没有人知道
我在远方
有一个姐姐

桐子花都开了
在人世，你和我
还素未谋面
每开出一朵，枝头
就有一只鸟，替我喊出一声
姐姐——

天空这样蓝
云朵这样白
每开出一朵，就有人从窗外
走向了远处
而我窗内的孤独
在六月，就有了一顶
小小的王冠

蜗　牛

能不能请你从光阴里变小一点
再小一点
小到可以坐入一滴雨
一朵女贞子的碎花
一条四季豆碧绿的豆荚
或者一只蜗牛的触须
你右
我左
这样，就能看清楚一只蜗牛的眼睛
怎样伸缩与转动
听得见
它咀嚼草叶的声音

或者，骑上它的背壳
去浪迹天涯

送你一袋虫鸣

这个六月，还有什么可以
送你的呢——
除了窗外几声清丽的鸟啼
便只剩下了耳畔
越来越密集的虫鸣
告诉我，这样的光阴究竟是富有
还是清贫

喔，还有钢管的撞击声
不时从附近的工地传来
这世界给予的
我照单全收，就让它们从体内——
穿过，或原路折返
在六月的苍穹下
各安其命

要不，就让我用词语一针一线
缝制出
一个装满虫鸣的香囊
再请一束月光，轻手轻脚地
放置于你无眠的枕畔

你说过，要一直善良下去

那么，我就会一直写下去
直到，没有人去读
没有人
肯从忙碌中俯下心灵与身体
或者抬起头来

还是得用心去爱——
没有蜂与蝶
桐花依然会剪碎天空的蓝
这个一无所成的六月
一首诗
将使一个平庸的词
在人流的混浊里
更加清晰

更何况，有三只白头翁
牵着我窗前的晨光
信使一般
飞入你的远方

秋　葵

让我将生命里亲眼所见的
第一株秋葵
献给你

大朵大朵的花
雪白内部
藏着一份殷红
多像一颗心
纯洁而又热切
仿佛，就要从细细的枝头
跃入我的手中——

你在你的远方做些什么呢
当我凝神路边的那一刻
她，和一束暮光
都在我
和一朵朵秋葵的身旁
安静下来

一条小蛇

清晨，我看见一条无毒的小蛇
缓缓爬过窗棂
是不是你委托它
前来看望我
顺便稍带
一份大自然的口信

那一刻，清晨宁静
我与它共享窗外珍贵的晨光
鸟啼与虫鸣

那一刻，我宁愿相信
它就是一份爱的化身——
再也没有什么可以诱惑我
这人间，苦与乐的果子
我早已尝尽……

在树下

这七月
想起你的那一刻
我正站在一棵美丽的树下
有风吹过
一朵白云正被树冠
悠闲地移动

哪一片树叶
离我更近——
依然一事无成的人世
想起你
我又是谁
那一刻，都只是
大地的孩子

没有人懂得这一份情义
除了吹过我们的风
除了让我依恋的一棵树
和树顶飘过的
一片白云

拥抱七月

让我将五点半的第一声鸟啼
送给你的远方
原谅我，始终无法分辨
究竟是画眉、麻雀，还是斑鸠
让我将接下来的第一串蝉鸣
送给你，或许
正好将远方的远方
从一个梦中
点亮

这些天籁
仿佛还沾着昨夜的星光
露水，与风
这一刻，唯有渐近的晨曦
深深知道

并用一种湿漉漉的声音告诉我
这个世界啊
同我所爱的人们
依然相互期待与拥有

人世，有你

一想起远方还有你
一朵白云在工地的塔吊上
也可以变得
这样生动——
一叶白帆，徐徐漂移
在天空的湛蓝里

一想到这人世有你
一缕穿过树林的晨光
同时，也穿过了一座小城
连绵的群山与土地

而我，就想转身拿出手机
你是这些词语的姐姐——
你送我远方，它们
就送你一首诗

一株牛筋草

多想送给你
和我渐渐远去的童年
窗前的晨光是否知道，哪一个
离我更远

其实，在蝉鸣里
都那样亲近
在林间吹来的一阵凉风中
似乎触手可及

贱命的牛筋草啊
在七月，头戴花翎
这些儿时的玩伴
年年回来看我
城市、乡村，到处都是它们
有情有义的身影

坚韧，知足，感恩——
愿那些走向人世深处的脚步
像牛筋草一样青郁、苍茫
在七月，落地生根……

红蜻蜓

我要将今年看见的第一只
或许也是唯一的一只
送给你

现在，它停于一朵白色的睡莲之上
现在，它正飞走
绕过我的身体
从一棵喜树的缝隙，消失于
天空与目光的尽头

这美丽的精灵
童年时光的一个化身
即使在这座偏远的小城
也年复一年地减少

年复一年，愿能再见——
而读到这里，我相信
它正穿过车流、人群和我的文字
向你的微笑
迎面飞来

送你一个姐姐（一）

并不是我嘿大方
而是不愿，也无法私藏

一个爱心超标的姐姐
一个微信里的姐姐
一个虚拟而又真实的姐姐
仿佛，是从时空的另一端
穿越而来——

只要喊上一声
相隔再远，也有贴心的回应
只要发自内心，甜甜地
喊上一声，就永远
是你的姐姐

你看，她给我的这么多表情包
随手拆开一个
消逝的童年，就会从空中
再一次溢出
满满的幸福与温暖

送你一个姐姐（二）

微信刷累了
我就抬头，给干涩的眼睛和眉毛
从枝头摘下一个
沾着露水的姐姐
脚趾被人世的路硌痛了
我就俯身，从大地深处
给它拾回一个
止痛的姐姐

这样想着
仿佛，真的就有一个姐姐
像你那样
来到微信里
真的，就有一个姐姐
从一道温暖的阳光，或者
从月光的安谧里
赶来一辆爱的马车

第四辑

喊我回家吃饭的姐姐

喊我回家吃饭的姐姐

你呼唤着的
究竟是哪一个我——
童年的我
青年的我
还是渐渐油腻的中年
每一个零件与关节，似乎
都藏纳着
清洗不尽的油烟

但至少，还能从人群的拥挤
与世事的喧嚣中听见
从远山、白云
与一只飞鸟的羽毛里听见

并开始从一首诗中
笨拙地转身
一遍遍
传回给岁月里
越来越远，抽泣越来越小声的
那个童年

致喊我回家吃饭的姐姐

忽然明白——
你在厨房与餐桌的那些照片
为何如此动人
仿佛有一种暖暖的呼唤
穿过落叶、岁月、云层
与这人海中的漂泊
徐徐抵达一个人脚下的风尘
内心，那一缕不肯从霓虹里散去的炊烟
简单、随性、家常——
就是这都市无法复制与打造的
一份奢侈与浪漫
就是一朵金黄的菊花
在十二月的人间，所打开的
一句最美好的祝福

致都江堰写生的姐姐

荷塘安静
柳树安静，一座石拱桥
与看不见的远山
也这样安静
你写生的时候，它们
就成为一幅静物

还有风，从你那一方吹拂过来
带来荷叶与露水的气息——
你写生的时候
我也在这里遇见了一首诗

遇见一首诗的时候
你离我好近——
而当你写生，我就撑开一片
荷叶，空降到了都江堰

火　炬

这九月
我相信，金黄的栾花
定会将神殿带回的一束束火炬
从一个人寂静的窗外
传递到天边

不辞翻山越岭，她们
将穿过沿途的城市、街道、人流
一片片田野与风景

其实，我并不知道
此行的终点
不过是在秋风吹拂窗前的
那一刻，请求她们
带上一个人，在一事无成里
深深的祝福

并在簇桥
越来越浓郁的聚会气息
那即将到来的热烈与温暖上空

替我

稍事停留

花间里

当你们相聚于
那个美好的地方
我却在这里
和秋天，一树树金黄的栾花
相聚于
一场连绵的雨水里

这些栾花捧出的金黄中
依然可以听见
你们热烈的交谈，开怀的笑声
一种温暖的颜色
正在九月的天空下面
悄悄传递——
对于爱，人间的时空
从来都不是
一种距离

宇宙间
自有更高的一种维度——
而此刻，有谁察觉

越过山水的我，正宴坐于你们手中
一杯咖啡腾腾的
热气之上

九月的虫鸣

一只秋虫
在九月众多的声音中特立独行
与思念的波段紧紧相邻
车声、人声，困顿的欲望
什么样的声音也不能将其掩没

清晨的霞光，无声穿过
一粒悬挂触须的星露
那草丛放射的支支冷箭
穿过了一个人体内的靶心
落向秋天的旷野

得咀嚼多少根草茎的苦和香
方能浸透九月的晨昏
弥漫一方水土
徐徐隐入
一个人，一朵远方的秋云

有一声没一声，低一声高一声
一串秋的暗语，原是来自九月的故乡
一个人体内的碧草深深

这桂花开放的九月

让我看见了一位长发披肩的女子
一袭复古风的淡蓝
飘过楼下的小路
从花香氤氲的微风里

消失于尽头——
桂花一般的女子
经过了一扇有些寂寞的窗外
经过了九月，在人群里的
一份坚持
一首尚未落笔的诗

无须知道她，在人世的名字
何去何从，甚至
无须看清面容
正如空中，一缕幽香飘来
又何必深究，来自哪一朵哪一枝
更不必心有千千结地
带回家去

一根弯下腰来的竹

从哪一天起
一根向天空询问的竹
开始弯下腰来，在半空
划出一道优雅的弧线
犹如光阴垂下的象鼻
大地伸出的一根鱼竿
垂钓虚空

多年以后，才明白
那是沧桑的重量
从怀中逐渐散开了层层枝叶
是从尘世抽离出来的
那一部分，渐渐拥有了
高耸入云，而又谦卑入土的
一份信仰

写给我房间里的尘埃

来到这个房间
与我有缘

栖身于地板，桌面，我的肩
或者中意的任何一件事物
比目光略沉，比烦恼更轻

这些小小的精灵，唯有你们
听得见我的呼吸
看得见那身体上集聚
又散开的热与光
唯有你们，与我共度了
又一段寂寞的光阴

其实，我又何尝不是一粒微尘
在人世，与造物的眼中飘浮
与你们同属一科——
在这个平庸的九月，让我抬头
让这尘世的短暂与渺小
再一次，被阳光

永恒的温暖
照亮

只要……

只要你在我的身边
花瓣和流水就在时光的岸边
点点繁星让幸福轻轻颤动
光阴的流逝使夜空更加悠远

只要你在我身边
天堂离人间就不会太遥远
我守住这个平凡的夜
仿佛乞丐衣袋里的一块金币
风沙，仍在远山的记忆里回旋

天使，当你的微笑
悬挂我贫贱的屋檐
日子变得大地一样温暖
这便是我的一生，青草知足的一生
即使放在辽阔的苍穹下
也不会显得卑微、孤单

幸福原来是这样简单
只要让一颗露珠来回滚动

只要让风吹过一片碧绿的麦田
只要让我
满怀感恩地行走在你身边

终于缓慢下来

桌子中央，一顿朴素的早餐
也被晨光罩上了
一层圣洁

当你端起一碗豆浆
像信徒，眼里流露出
一丝感恩，是什么
开始在我们简陋的房间弥漫
鸟声？曙光——
天国的钟声
在无人听见的云层敲响

该如何赞美这个普通的清晨
神啊，请伸出光中的手
抚摩我在人世的清贫
使一粒尘埃，在苦难与光线之间
也可以露出
一张和悦的脸庞

姐姐，你有一棵开花的洋槐树

洋槐，四月的风
让我回来看望你的花瓣
和花蕊里的小小昆虫
玲珑的唇，在碧叶下
露出一排排细白的牙齿
被她咀嚼过的年少往事
唇齿间，依然留有余香

洋槐，是邻家的姐姐
淡绿的裙，雪白的脖颈藏进
郁郁青丝，清脆的笑声
使远方的一只鸟，停落树上
那时，槐花的香笼罩了瓦房的夜晚
月光温柔，多情

当第一朵槐花落下，吻过我的脖颈
邻家姐姐已怀揣一瓣幽香
远嫁他方。甜蜜，忧伤
花瓣像一层薄薄的雪
落进月光

姐姐，洋槐花终于开了

却没有一个路人停下来
同我一道感到惊喜
洋槐花开了，第一个想要告知的人
是你
洋槐花开了
这世间，所有的鸟儿与昆虫
似乎都已知晓
除了这人世的忙忙碌碌

没有什么值得大惊小怪——
本来就不属于这个尘世，她们
是云中的仙子
洋槐花开了，在四月眼中
是一件头等大事
胜过一个人、一部诗集
枝头与风，写下的
都是洁白与干净的词语
而她们从来都不需要
一个，在人间
渐渐缥缈的名字

一棵开花的洋槐树

经过
就有一种触电的感觉
“简直是一个美人”
“不，比美女更美——”
我这样忘情地大呼小叫
身旁的你，是否介意

你不知道，一棵树
一片竹林，在我眼中的富有
胜过了一个人、一条路
一座繁华的城

当它们被四月的微风吹动
一片片翻卷的碧叶
似有千言万语——
这光中的友人，凡间的精灵
通向天空的阶梯
使一个不甘坠落的人
必须用向上的目光
从风尘深处，一级级
攀登

日子真静

听得见树叶饮下阳光的声音
还有根啜吸时光的声音
日子真静
我可以送你一篮子鸟鸣与风声

就让街上的车声
驮着市声与尘埃远去
我和你，更宜留驻
这浸满吉祥草汁液的时辰

而一条锦鲤在水中的呼吸
为我们轻轻打开了
世界的另一扇门
一切，都在通向灵魂的道路上
悄悄行进

夜，是时光掘出的一口井

当你们睡去，这个夜
便留给了我一个人
而宁静，是白日和你们留下的
一种回音

随着这口井的深入
我会记取事物美好的一面
将伤口
没入漾动的水纹

当彼此不再摩擦
时光也变得格外圆润
一串磨得发亮的菩提珠
就会缠绕我的手腕
你的脖颈

倘若远处的山脉已经睡熟了
还有没有一个赶路的人
去敲响夜夜悬挂着的
那颗星辰

白云的比喻

雨后，并不晴朗的天空
大朵大朵乳白的云
童话一般，覆盖尘世
云层下面，是四月的绿叶
仿佛童年的时光，深浅不一
一层层覆盖房屋、道路
让我们忽然想起，这一刻
早已成人

一切，美得如此逼真
让人怀疑世间的真实
我问白云像什么
你说，是天堂在晾晒羽绒
一团又一团，灵性的羽绒——
使那些尘埃里抬起的目光
不再感到孤单和寒冷

平安夜

今夜，在鹿蹄下叮当作响
没有一朵雪花飘过窗前
今夜，只提回了一袋打折的蛋糕
我不会同没有信仰的人们
一道狂欢

我要守护一个圣洁的灵魂
一如二千年前的那个夜晚
马厩里的第一声啼哭，来自天国
但很快就被人世淹没——
多想跨越时光的河流，上前握住
那温暖了世人的手

今夜平安
蛋糕一般香甜、柔软
愿干戈止息
所有悲欢都化作铃铛
一只只悬挂在圣诞树上
悬挂在天国的门前

简单的事物

如何使你爱上它们
在这个人间的九月
像一株车前草那样，在土地上
心怀感恩，向天空的高远
徐徐打开
一条条虔敬的掌纹

请穿过一双未涉世事的眼睛
你会来到另一个世界
那里湖水澄澈
一叶叶薄荷的清香
让岁月旋转
成为头顶一片飘浮的白云

当你终于厌倦了漂泊——
那些简单的美好重又围聚拢来
而阳光下这些细微的尘埃
它们小小的翅膀
将引领着你，触摸到
光的背面
宇宙的另一扇门

秋日偶寄

一场绵绵不绝的雨
我只有隔着一副水晶帘子
望向窗外——
一只冒雨出门的画眉
从我眼前的林子，飞向了
你那一方

楼下，有两条方向不同的
小马路，在这样的雨中
因为你，都伸向了
一个温暖的远方

而掀开帘子的一角
虫鸣与鸟啼，就会那样可人地
从秋雨的门缝里
露出一张脸来

这些蓝色的小野花呀

那样美，又那样卑微
在道旁的一棵行道树下
头颅低垂
像城市的流动人口

来时，我看见了她们
返回时，却又错过
一路上，我在同你讲些什么
也早已忘记

对于一个匆匆走过的人
她们的美
形同虚设，仿佛
一份精心的准备
却被所爱的那个人无视——
这个深秋，又有谁听见
一颗露珠，在大地
破碎的声音

说到情怀

没有情怀，就不配称为诗人
而我算诗人吗
尚待时间去确认
唯一可以确定的是
你比我更有情怀
因为，你所做的
就等于是在时代的熙来攘往中
以一首诗的节奏
徐徐穿行

而我只是产下它们，孵出它们
便转身离开
至于这些毛茸茸的小小鸭
摇摇摆摆，随着你的情怀
走向何方
我并不关心

以诗为心——
为面膜，从无人所念之处
焕发无人敢想的光彩

这不同寻常十月啊
注定属于一个
优雅的女人

蜜蜂之歌

现在，你已正式地成了一只蜜蜂
隐隐透明的翅膀，在时光中
加大了扇动的频率与幅度
看不见你手持的粉篮
一缕幽香随风飘来
我只能远远望见
你温暖的微笑里
那一路起伏的荆棘与花丛——

一只从一首诗中飞过的蜜蜂
一只遍体鳞伤，却依然
披荆斩棘的蜜蜂
一只痛并快乐着的蜜蜂
只愿为爱，劳碌奔波
一只在花香里忘我的蜜蜂
她一直以为自己长着
一双天使的翅膀

你参加的那些活动啊

每一次，似乎
我都在场。至少
派出了一道光，一节摇曳的竹枝
一片树叶的影子
一首可以分身
或附体的诗——
更为便捷的通道，仿佛
正被一道神谕，从晨光中
徐徐打开

这个十月，没有人知道
你有一只姐姐的手
正将一个人，从他客居的声声虫鸣
一道月光抵达的幽僻之处
牵引出来
走向人群
与更加温暖开阔的地方

多想送你一滴秋雨

无论落在竹枝、树叶、屋檐
还是街道、沟渠
都怀揣着一颗透明的心
难以启齿的身世
无论落入一簇鲜花
还是泥土，都将
被世人无视

正如我为你写下的这些诗句
在十月，窗前的树枝
和一个人的目光里
闪闪发亮
在街头，人们的脚下
兀自成溪
裹携着落叶和尘泥

从遇见你开始

渐渐感觉到曙光
原是从你的哪一方升起
但这似乎并不符合
地理的常识

这个十月
我就是这样固执
而又分明地感觉到，晨光
仿佛是从你的面容，手心
穿过了群山，地平线
再穿过一串串栾树的红灯笼
一片竹林、一声鸟啼的青碧
一粒露珠，来到我的窗前
和一条街道
熙熙攘攘的人群里——

哦，又一个清晨，就这样
穿过你，我和这个深秋的人世
有了一个
温暖美丽的开始

十月的秋笋

让我
对着楼下渐渐长高的一根竹笋
为你写下一首诗
一首满怀期待与欣喜的诗
忧伤，而又温暖的诗

无论虫鸣、车声、风雨
它依然笔直
倘若有一天，从空中
弯下腰来，那只是因缘已了
对大地，唯余感恩

而我愿同你的远方共同见证
这日复一日的成长——
一颗初心，是怎样
从虚怀若谷的岁月里
一节节，不断地
传递与攀升

送你一首中秋的诗

感谢祖先留下的这个节日
感谢中秋的月
在人间融化我，圆满你
没有一点偏私

倘若，今夜无月
那就感谢布满天空的阴云
或者一场秋雨
感谢窗外的虫鸣，与鹧鸪的啼声
是它们，让一个人感到
这个不同寻常的十月啊
在人世相距千里的你和我
在一缕无法阻隔的月色
与桂花的幽香中
并没有距离

啊，不行
——致九月的姐姐

再不给你打一首诗
我会生锈的
说不清哪一根神经或者手指
就不再像以前那样灵活

远方，在你我之间沉吟——
一把锈迹斑斑的剑，再也无法轻易
从光阴的流水里抽出

一条通往天空的路
将在岁月的幽暗潮湿里
滋生青苔，脚印
也被落叶一层层覆盖

唯有虫声不绝于耳
从九月的窗外，绵延至你的远方
一扇门，在云中虚掩着
天空之城，在九月
轻轻哭泣

给你写诗，温暖自己

其实，我是一个冷血动物
但从不喜欢戴上面具
更爱将自己的皮肤与肺腑
暴露在阳光里

可以使自己的体温渐渐升高
四肢与头脑渐渐灵活
打一首诗给远方
温暖的，却是自己

打一首诗给你
就等于站进了一千亩向日葵的
花盘中间
而洞穴里常年的阴寒，或许
只需一朵向日葵的金黄
就能全部驱散

最浪漫的事

每天，给你和大自然打一首诗
同吃饭睡觉一样
在这个十月，成为
一件自然而然的事
温暖、优雅的事

如同虫鸣草丛，鸟啼林间
在窗外的晨光中
是一件何其赏心悦目的事
心甘情愿
与命中注定的事

给你打一首诗
就等于在寺庙点上一炷香
在教堂做一次祷告
在人间的花园里
埋下一粒
真善美的种子

理　由

姐姐让我写一篇文章
希望能打动出版社
而周围有多少人都不知道
我在写诗
这个诗歌备受冷落的时代
姐姐，茫然四顾的我
面对如此有爱的你
该说些什么呢

或许，唯有你
会将这些一钱不值的分行文字
当作你的心肝宝贝
当作你头顶迎风的桂冠
隐身指间的钻石

或许
这就是我继续下去的
唯一的理由
最大的动力

一周年

仿佛，胜过一世
我和你
却素未谋面——
在一张照片里见过算不算
或者在文字，还有那些
温暖可爱的表情里

在一阵微风，一朵白云之上
在那些美好的事物里
一次次相遇，这情理之中
预料之外的惊喜啊——

就像一朵花，与另一朵
以分子、离子的形式
相会于世人无法触摸的虚空
又如一道月光，同另一道
千里迢迢的心有灵犀
跨越了重重山水，乃至时空
在光线以外的距离

冬日的呢喃

仿佛天空睡在湖心的一片白云
那么蓝那么静——
你富甲一方的梦
清贫如我，注定
只能用一顿朴素的早餐来守护

窗外马达轰鸣
覆盖远去的车声
一束阳光徐徐走进来
亘古的温暖和真理
打印在地板上
听见风声的人，看见竹叶的人
是幸福的人

不在天际，不在海上
在你足下和手心——而你
追寻的啊……
一株苦参，在秋日
也曾经那样期期艾艾地
摇曳过

银　蠹

怎样的痴迷
将浮生镀成银片
嗜书如命的你
是前朝哪一位秀才转生

学海无涯，书山有路
月光如洗的夜
哪一页书香，哪一段文字
让你频频回首

富贵如梦
传说的黄金屋与颜如玉
又在哪一本书中
前世的缠绵，只化作
今世几页蛀噬的小洞
漏进沧桑和月光

银须拂动的一道月光——
雅致的虫，今夜
又将在哪一卷、哪一页散步
吟咏

总是给我灵感的姐姐

昨夜，语音通话之后
仿佛百脉振动，百骸俱轻
今晨起来，一口气
连写几首

姐姐啊，你是什么做的——
是冬夜荒原的一堆篝火
还是掠过灌木丛的
一只小小流萤
手持自己与生俱来，却从不吝惜的光
划过人间的微凉的夜色

我要把你的语音
用岁月打磨，成为行囊中
一块从不轻易示人的钻石
收藏于离我最亲近的一粒露水
最遥远的一声虫鸣
一束星光

这一天啊

我已替你爱了黎明前的落叶、虫鸣
和清扫落叶的声音
替你爱了窗外的竹林
和穿过竹林的第一线曙光
还替你爱了楼下的一条马路
以及，从行人脚下
伸向的远方

这个十一月的清晨
可爱的，不那么可爱的
都已替你爱过——
还替你爱了我所有的亲人
和出门遇见的
每一个路人

并从人世的艰辛中
腾出一双手来
从一座小城与地平线上的辽远
腾出一双手来，替你
深深地
拥抱了他们

这是我和上天的事

这个人间的十一月
我要爱我遇见或没有遇见的
每一个人
无论爱不爱我
都是命中的天使

像一滴流浪的雨水
爱上一片大海
并以一片大海的蓝，去爱
遇见的每一滴水

与你有关
也可以无关
愿我在尘世，得到你的爱
或者继续爱你
无论，你爱与不爱——
归根结底，这都只是一个人
同上天的事

姐姐啊，为何

你不再发那些小女孩的表情
是不是因为我已长大——
其实，我写下这么多的诗
与其说是为你
不如说是为她们

这些日子，眼巴巴看着你
给她们发的那些温暖可爱的表情
唯有羡慕
我好想说，姐姐
我也要——

那些纯真、温暖与可爱的表情啊
可是一首首诗
深植于你手心的命根
姐姐啊，请不要随意遮蔽
隔断——对于一个人半世的漂泊
它们早已胜过了成人世界
所有的鲜花、奖章
和掌声

当我们谈及爱

在窗外的月色中
这个人间，仿佛一下
就变得
辽阔起来

当我们微凉的指尖，不小心
触碰到这个有魔力的字眼
一条路，开始变得温暖
夜色古老而又年轻
仿佛，穿越了一段段历史
终于从无悔的岁月里
找到我们

不知是谁，率先提及——
而此刻，天各一方的你和我
正手持屏幕，仿佛那里面
有一扇发光的门
一扇通往彼此灵魂的门
一敲
就开了

今天，你爱了吗

比如，爱你
爱这窗外的一场薄雾
雾中迷迷蒙蒙的一朵花
一座小城，还有
划过小城上空
清晰依旧的一声鸟啼

天使般的一个字眼
从云端坠落下来
也会被世间的泥尘染污
当我俯身，从人群中
艰难地拾起，岁月
已面目全非

这个十一月
当一个人，从心底的美好里
重新捧出这个词
他正尝试着擦去上面的
点点污渍
像一个背负却依然找寻的孩子那样

跨越了成人世界的
种种樊篱

十一月的第一天

其实每一天
在尘世，都是珍贵的日子
和你相知的每一天
都是神的安排与恩赐

正如穿过云层、竹林
来到窗前的这一束晨光
在岁月的苦难与幸福里
已几度轮回
正如几只山雀，从林中
洒向一条小路的偈语
还有，对面阳台一株天竺葵
隔着栏杆
同深秋交换的火焰——

在此刻，我打给你的一首诗中
无一不是神
在人间的一种足迹

这就是福音吗

昨天，通话之后
今天起床
还在幸福中回不过神来——
谢谢你，姐姐
为我和这个人间
做了这么多

每一次，你给我的感动
几乎都被我化作了诗句
都被一棵栾树
化作了红色的灯笼与片片叶子
都被天空化作了云彩
被秋日的荒原、群山
化作了一道温暖的夕光
在街道与人群里
悄悄传递

这才是天使

原来，在天使的眼里
别人都是天使
在天使眼里
每一个人，都带着光

在别人眼里，或许
我只是一粒随风扬起的沙尘
一粒喜欢悬挂草间的露水
一只蛰伏于草根的秋虫
频频振动，自己与生俱来的
一双翅翼
只是一块沾满青苔的顽石
在光阴中有些任性
与孤僻

在你眼里
却可以那样自然而然地
做回一个天使——有些任性的天使
他懒得重返这个人间
所以，赖在你的手心与目光深处

日复一日地
为你写诗

昨　日

坐在医院病床上的父亲
满头白发的父亲
特地问我要你的相片
他要看一看，在诗中
一次次提及的这个姐姐
天使般的姐姐
在人间
究竟是什么模样

看一看，是否三头六臂
究竟何方神圣
可以从人世的浪荡里
将我的桀骜不驯一天天收服
从人群的熙来攘往中
认领我这迟迟归来的半生
仍是年少不醒的
一事无成

他要看一看
是一双怎样的手，与温暖的表情

可以融化

一块孤独千年的寒冰

并一点一滴，从顽石深处

释放出一种

悦耳动人的声音

视 频

昨日，给父亲看了
你和莲花她们一起唱歌的视频
那一刻，孩子般的笑容
从老人家满脸的皱纹里
一层层荡漾开来——
一份爱，就这样
传递到了他饱经风霜的湖心
再像一朵花那样
从脸庞绽开

姐姐啊，你隔山隔水的心意
他老人家留下了
那个大红包
他又打赏给我了——
就让它扇动天使的翅膀
在一个人体内的荒野
多飞一会儿

然后放飞于腾讯公益的天空里
让更多的留守儿童

与濒危动植物
也能分享到姐姐的爱

而我，只想将它可爱的影子
留在这个冬日深处
化作片片洁白温暖的雪花
想一想，就会从你的远方
我岁月的高处
徐徐落下来

姐姐的红包

在一份惊喜与感动中
比五百万大奖
还要更加珍贵、长久、安谧
因为每一分
都带着满满的爱

何况你
还给它们穿上了大红的袄子
过年才穿的袄子
倘若，再让它们打开
一双天使的翅膀
飞入腾讯公益的天空
它们，一定会
更加欢喜

而留在微信里的
哪一件红棉袄
已足以使一首诗温暖、幸福
直到
春暖花开

元旦快乐

今天，是新年的第一天
窗外的慈竹知道吗
没有风
就用一根弯下的枝条
垂钓鸟啼与清晨的安静
垂钓一个人，从窗外
渐渐远去的2017年

今天是新年
林间照常啼鸣的这些鸟儿知道吗
楼下茂盛的竹叶草知道吗
而晨曦
照常升起

或许，大地并不需要知道——
在你、我和天空无尽的蓝之间
每一天
都是最后一天
也是
新的一天

我是一个幸运的人儿

如你所言——
其实，我只是喜欢在人世
抬头望天
低头捡拾——

世人追逐的
我习惯远离
人们无视的，却常常
被我满怀欣喜地
俯身拾起

比如路上一片金黄的落叶、花瓣
一张好看的烟盒、糖纸
一声树梢坠落的鸟啼
一道穿过人群与地平线的夕光
我还喜欢从一列远山
一缕桂花香与淡淡的月色中
拾起一首诗

而这个冬日

我居然从微信里拾回了一个远方
和一个远方的姐姐——
一个春暖花开的姐姐，从此
也从人群里拾起了，一个
面朝大海的弟弟

欢迎回家

奇怪呀，昨日
父亲赠书题字时
竟然称你为女儿——

那么顺口、自然
令我侧目
仿佛，你本来就是我们家的人
只不过如今，才从人世
与岁月的茫茫中找回
满怀欣喜
重新打量与相认

姐姐啊，我服你——
一两句话
就敲开了父母的那扇门
并掀开大半个世纪的风雨
像一束晨光那样
暖暖地走进

你说我是天使

在世人眼中一无是处的我
一无所成的我
在你眼中
又做了一回天使

一个什么样的职位喔——天使
在人间，没有薪水、红利
没有舞台、红毯与掌声
唯有一条通向天空的道路
在世人的眼中
布满荆棘

但却是一个人今生所能得到的
最高荣誉——
尽管你说出的那一刻
低下头，并未生出双翼的我
唯有腋下呼呼穿过的
岁月，和风雨

写给姐姐

姐姐啊，你说我是天使
那我就是——
至少那一刻
已腋下生风
一双翅膀
在白云与你的目光深处
已等我几生几世……

获奖感言

——致天使奖

既然，你颁发给我这么重要
这么高大上的一个奖项
我就只好
站上一朵白云的领奖台
再啰唆几句——

除了例行公事的一通感谢
比如，感谢授奖嘉宾雪妮姐姐
还得感谢父母妻子女儿
还有生命中遇见的每一个人
每一件事，每一棵树
花草、落叶、鸟啼、尘埃
一道道阳光与月光……

尽管这个大奖
来得为时尚早了一些
还有些名不符实
尚需再接再厉
而唯一的副作用就是——
人间，曾经梦寐以求的那些奖项

从此，我已失去了
足够的兴趣

我就是那一滴水呀

自从遇见
并被你满怀善意的目光
远远注视——
人海茫茫，仿佛注定了
一滴水的孤寂

那些纹理的倔强、凌乱与茫然
在岁月依然故我的庸碌里
渐渐温暖、有序
在窗前的一道晨曦中
渐渐清晰

而这个一无所成的冬日啊
倘若，看不见一束光芒的温度
离开身体后，在人世
能够走出多远
就不会看见这些结晶
在一滴水的内心
有多么美丽

天天写诗

有一个人，在你从未去过的远方
日复一日地
为你写诗——
你是幸福的
这些动人、温暖的诗
在你的身体与步履周围
环绕成世人看不见的花瓣与光环
而我比你更幸福
因为，我愿意

记得有一位女孩子说过
如果有男生天天给她写情书
只要持续三个月
就嫁了
更何况写诗

而你（不用嫁给我 ）
只需要，在我从未抵达的远方
日复一日幸福地读着我
写给你
和这个人间的诗

你问我病好了没有

想起来，就不禁莞尔——
姐姐啊，我的病
是一位调皮的小朋友
你若这样问
他就会腆着脸
躲在我背后，或童年的床角
同你捉起迷藏

你这样问我的那一刻
我也不知道，他究竟跑到哪儿去了
是沿着一声喊我回家吃饭的呼唤
一缕乡村的炊烟
回到了故乡的柴房
还是跟随一阵老马识途的微风
爬上儿时那座山坡
来到婆婆纳、野葱、虫鸣
与一朵朵野菊摇曳的苦香深处
去寻找
儿时的小姐姐

窗外的鸽群

围绕楼群和一个人的头顶
一圈圈飞翔
像一种祝福或咒语
一遍遍，切割着
冬日的阳光

让你我相隔的远方
让洒落一扇窗口的阳光里
也有了
飞翔的影子

这些爱与和平的使者
在小城的上空
一圈圈做出天使的运动
带来你的和雪山的祝福
带走一个人身体里的疾患，以及
遍布大街小巷，寂寞的脚印
一份忧患的如影随形

听说，你要来

就要将一个虚拟的姐姐
变成手心的现实
就要将童年的小姐姐
从一个个表情包里
释放出来
莅临一座小城的风月——
从手机里款款走出
站在我的面前

哦，微信里的姐姐、手机里的姐姐
形而上的姐姐
这个冬日
你准备像一片雪花
从云团里白白落下，还是
像一朵蒲公英那样
从地平线上飘来

附　录

我的二姐

周琪瑛

二姐，一个再普通不过的称呼，一想起，便有温暖的感觉，有家的感觉，心，便柔软下来，安宁下来。不知不觉间，二姐已经成了我心灵可以依靠的彼岸。

曾几何时，我们深夜畅叙；曾几何时，我们沿着爱情天梯，共同寻找爱的真谛，给婆婆送去爱的抚慰；曾几何时，我向二姐倾诉我的迷茫，走出一段苦涩的日子。突然有一天，看到了那么多关于姐姐的诗，我无比震撼，一股股暖流升起。原来二姐让那么多人找到了心灵的家园，二姐原来不是我一个人的，她的心，温暖了那么多人。一种骄傲的幸福瞬间开始弥漫。

二姐的生命，充满了爱，充满了美，并与艺术紧紧相连……

她常说，生活中最不能丢失的，是你对生活的热情和爱，艺术同样如此！

真善美是她生命永远的追求……

我将继续享受二姐——大家心目中的雪妮姐姐——这温暖无边柔软的爱与关怀。

丁酉菊月记于西蜀芙蓉花园

寻找姐姐……

龙水蓉（阿蝶）

想起花间里，心底忽然就柔软，因为雪妮姐姐一声召唤。

雪妮姐姐，一个温暖词语，仿佛拥有天使的使命。

藏在阿蝶心底365天的雪妮姐姐，眼神里的柔美和良善，心愿里的美好，一直轻轻缓缓地流淌。一天一寸，不刻意想念，不刻意重逢，不刻意盼望，心中静好的姐姐。

藏起姐姐，在心底四十年。四十年前，那个忽然走掉的姐姐，阿蝶未曾相逢。阿蝶只是偶尔从母亲口里，听到姐姐，两岁半的姐姐在一个阳光明媚的午后，趺趺撞撞，掉进一滴水的叮咚……

阿蝶沿着午后的阳光，沿着三条线索，沿着一路秋风，翩翩而过繁华的城，翩翩而过落叶知秋的街角。最后，轻轻落在花间里的门前，落在二楼阳台一杯刚沏的暖茶旁。

雪妮姐姐在花间里，在一杯茶里，等百蝶起舞。雪妮姐姐的柔软目光，刚好落在迈槛的阿蝶身上。

365个时光，瞬间重叠。

雪妮姐姐，一个温暖的词语，一个美丽的新世界。想念姐姐的心，可以来这个世界里回归天真烂漫。在这个世界里，你将不再迷茫、孤独和忧伤……

雪妮姐姐，这个温暖词语充满艺术与爱，充满天使的梦。

雪妮姐姐，坐在阿蝶近旁，微笑的样子好美，眸光清澈。她的话语，缓缓而来，像流水。那一杯茶的时光，仿佛从绿萝缝里轻轻流淌进来的晚秋阳光。她说的爱情，始终没有开始，又仿佛一直在娓娓道来。阿蝶静静地听她，听花间里花开花落，暗香浮动。

听茶，或听雪妮姐姐，在一个静好的午后，在花间里。

雪妮姐姐，不仅是姐姐，还是一首天真、童趣的诗。这首诗美丽真诚，充满爱和召唤。阿蝶坐在雪妮姐姐面前，仿佛沐浴在一首诗里。

若檠写了很多诗，写给雪妮姐姐，也是写给所有姐姐。

温暖的诗，像姐姐。

阿蝶忽又想起自己不曾见过的，两岁半的姐姐。如果两岁半的姐姐，没有在那个插秧的五月掉进水里，一定会和阿蝶一起长大，一定会爱阿蝶比爱她更多，阿蝶也不会如此孤单和不安。

阿蝶时常想念两岁半的姐姐，在那么些没人懂、没人疼、伤心的午夜。姐姐的模样，或许，母亲也忘了。但是，阿蝶却可以清晰地想起姐姐，两岁半的姐姐。想念姐姐的时候，姐姐的脸总会温柔地贴着阿蝶的脸，或小手抚摩阿蝶的脸……

阿蝶一直在寻找姐姐，四处寻找。甚至梦里，也在呼唤。这些隐藏的秘密，母亲从不曾发觉。阿蝶也从不对母亲说，那是母亲藏了半生的疼，她不忍触碰。阿蝶在别处寻找，已经长大的姐姐。爱别人的姐姐，也爱更多妹妹和更多弟弟的姐姐。

雪妮姐姐，或许就是阿蝶要找的姐姐。

花间里的慢时光，漫过黄昏，漫过夜色。告别，即将。落叶的街角，陌生又似曾熟悉，阿蝶仿佛看见走失在三十岁的表姐。表姐牵着阿蝶的手，走过街角，从一条河的旁边，从童年的欢快里……

两岁半的姐姐或表姐，已转身天涯。而雪妮姐姐，一个温暖词语、一个美丽新世界，在花间里一起捧暖一杯茶的时光，将永恒。

心若爱、若懂、若惜。

2017年11月2日

花 絮

若 檠

记得曾经对上中学的女儿说过，这一辈子，我不会自己出诗集，要是没有出版社愿意出，临终前就自己印几十本，送亲友留作纪念。这话说了两年后，姐姐就为我出诗集了——这就是造物的不可思议。现在想来，仍在梦中。

而这个梦，是从写诗的那一刻开始的，还是从遇见一个姐姐开始，如今依然未完待续……

在女儿看来，我们都不是正常人，从一开始，就不是正常人做的事情。再替她延伸一下——姐姐是傻子，而我，是一个疯子。要不，怎么会给一个素未谋面的姐姐天天写诗，并乐此不疲；而姐姐若是一般人，又怎会想到出一本诗集，要将一个白日的梦，一个没影的梦，变为尽人皆知的现实。

这便是造物的神奇，缘分的不可思议，是爱与勇气创造的一个奇迹。

而我，作为这个美梦的缔造者之一，奇迹的见证人，一路走来，也曾犹豫，因不敢相信，因看不懂自己，也因为流言蜚语。

回想起来，每一次给姐姐打诗，都有如神助，有时自己也不明白哪儿来的动力——天天给姐姐写诗，哪儿来的那么多悸动，仿佛冥冥之中得到了一种神秘能量——原来，这就是爱，一种什么样的爱，足以使万物在一个人的内心生长，然后化为指间一首首温暖的诗。

每一次，只要点开姐姐的微信，就灵感泉涌，就像是将一首诗写在姐姐温暖的手心。这已成了自然而然的一个习惯。

仿佛，在我与人世，乃至天地之间，姐姐就是一座桥梁，一个通灵的灵媒，通向春天的一条木质回廊。

记得曾经对姐姐说过，美好的心灵才会有美好的缘分——也就是秋韵所说的同频共振吧。我以为给自已童年的孤独找到一个知心的姐姐，没想到，也给这些无人问津的诗歌找到了一个知音般的姐姐。仿佛上天终于开眼，听见了一个人多年的祈祷，而一个姐姐从远方飘来，成为最美好、确切的一种应答。

自从遇见姐姐，就开始转运，而美好的旅行，似乎刚刚起程……

姐姐来了

《喊我回家吃饭的姐姐》满满的正能量，又无比生动，看了诗集以后你会觉得原来一切美好、快乐、幸福、幸运你都吸收到了。相信每一个人都值得被爱！传递爱、分享爱，从这里开始！

——《艺术与爱》李宇姐姐

一本诗集，一米阳光，一盏茶……感悟童年，感悟青春，感悟爱……

——“茗榜文化”肖潇姐姐

当你对生活失去热爱，对爱情失去信心，对工作失去热情，心情郁闷、低落、烦躁，心里空虚、孤独、迷茫时，请走进温暖有爱，有情怀，回归童真童趣的若槃诗集《喊我回家吃饭的姐姐》，你将会发现这个世界还存在另一番精彩与感动！

这就是本诗集的独特魅力所在。

——“澳门卫视”杜琛姐姐

人的生命，因爱而生。在人生的道路上，我们为爱而不断追随。这是一本充满童趣且温暖的诗集，愿您的生活，因她的到来，而像花间里一样美好！

——“花间里”海琴姐姐

希望这本写给我二姐姐的诗歌，给有追求、有梦想的中国青年学子们，送去更多亲情般的温暖和爱，更多的赞美、鼓励和支持。因为心里有了爱，所以才对美好的生活与未来，怀有憧憬和盼望。

中国的未来，国家的使命、担当在他们的身上，中国梦的实现，中国真正的经济、文艺复兴也在他们的身上！

——“黑籽儿教育”占地斯门姐姐

用心慢慢读，体会，感受……我们的心慢慢就有了温度，有了扬在脸上的自信，有了气定神闲的优雅，有了善良纯净的心灵。让我们携手，一路编织着幽梦，一路摇曳着风姿，在素白年华里以最美的姿态绽放。

——画家玉岑姐姐

读自己喜欢的诗，画自己喜欢的画，做自己喜欢的事，爱自己喜欢的人。阳光，快乐，美好，善良伴你一生！

——画家李江姐姐

生活在大都市里，一个人读书，一个人吃饭，一个人看电影，一个人睡觉，一个人旅游，一个人拼搏，一个人的艰辛与欢愉总是会被孤独心绪所掩埋。然而《喊我回家吃饭的姐姐》会给你一个温暖有爱的姐姐，让你的人生不再那么孤独和迷茫，一切美好都尽在其中。

——“艺宇爱文化传媒”仙@姿姐姐

爱，一旦增加，一切即将改变！

——“天心学院”汤守骏姐姐

不知从什么时候开始，爱上了读诗！爱她独有的韵律，爱她蕴藏的情愫，爱她与之共融的感受……一首好诗，值得我们慢慢品读，而本诗集则为读者朋友们传达着最美好的情感：有爱、有家、有姐姐……

——“成都惠迪”秋韵姐姐

温柔的坚持，是一种坚韧，不妥协、不扎人，是一种润物细无声的倾注与执着……

像极了这么多年的自己，生活或许未必一帆风顺，也许会有狭路相逢的时候，可若不放弃，就有机会在某个清晨开出让人喜欢的花来，犹如这一首首的诗……

——“骞守艺术”云鹤姐姐

生活里最不能丢失的是，你对生活的热情和爱，诗歌同样如此！

——“红旗连锁”曹世如姐姐

花开不是为了花落，是为了绽放！生命不是为了结束，而是为了精彩！愿你的人生，因为有了这些诗歌的陪伴，而温暖，美好！

——“大观艺术”晏璧姐姐

爱似火焰，可融化冰川；爱似良药，可减轻病痛；爱是能量，可温暖你我！这里，有爱，有姐姐……

——“中道禅舞”艺燃姐姐

后 记

若 檠

今天，编辑让我写一篇后记，这可是让我头疼的一件事，这辈子我只愿写诗，其他的文体都不想轻易触碰。

一部电视剧，更让我感兴趣的常常是片头片尾的插曲。于我而言，一首好歌，胜过一部电视剧，一首好诗的容量，不亚于一部小说，而诗歌本身就是最好的呈现，其余的，未免画蛇添足。

说到这部集子，不得不提到儿时的一个愿望——

并不是当科学家什么的，而是想有一个姐姐……

恐怕会让现在的家长们失望了。

但这，就是这部诗集的缘起。

感谢上苍，在微信里给了我一个姐姐，像一道光，照进我苦中作乐的诗歌之旅，而正是这个在诗中，一次次喊我回家吃饭的姐姐，温暖有爱的姐姐，知心的姐姐，促成了这部诗集的面世。

当然，也要感谢四川文艺出版社和编辑们，给了它一个浮出水面的机会。

其实，我并未做好出一本集子的准备，尽管写下了那么多。

也曾问过自己，为何要给一个未曾谋面的姐姐写诗——

还是让一首首诗，自己向这个人世去诉说吧……